豪華客船の王子様

～溺愛パレス～

水瀬結月

講談社X文庫

目次

イラストレーション／北沢きょう

豪華客船の王子様

～溺愛（できあい）パレス～

プロローグ

「私と結婚してください」

そんな言葉とともに差し出され、左手の薬指に嵌められた指輪——王国固有の宝石である『バルティアの滴』付きのそれに、歩途は息が止まりそうになった。

これは現実なのか？

夢だったらどうしよう。

バクバクと乱れ打つ鼓動と、まっすぐに突きつけられる王子の熱いまなざしに、パニックに陥る。

——受け取りたい。

けれど、そんなに簡単に受け取っていい指輪ではないと知っている。

歩途は混乱の末……。

「……ほっ、保留でお願いします！　まずは恋人から！」

と答えていた。

クイーンバルティア号が帰港した翌日のことだった。

＊1＊

光に包まれているような暖かな感覚に、桜庭歩途がゆっくりと目を開けると……そこに、黄金の獅子がしどけなく横たわっていた。

金色に輝くシルクのような髪。宝石のごとく輝く青い眸。スッと通った鼻筋に、微笑みを浮かべる薄い唇。すべてが完璧で、完全で、奇跡の存在。

その名は、ジークフリード・ヴィルヴァルト・フィルスシェルナ・バルティア。

バルティア王国の第三王子。

歩途は彼のことを、とてもよく知っている。なぜならこの六年間、ずっと推し続けてきた人だから。

けれどその人がなぜ、今、歩途の目の前にいるのか。しかも歩途を緩く抱き寄せる体勢で、その青い眸に歩途を映して。

(天国⁉)

真っ先にそう思った。

目が覚めたと思ったのは錯覚で、実は天に召されてしまったのかと。

寝起きの頭は混乱する。しかし目の前に推しがいらっしゃるなら、歩途が取る行動はただひとつ。

カッ！　と目を見開いて、その人を見つめる。

「尊い……」

呟いたら、

「トフ…トイ？」

艶やかな声で復唱されて、歩途は「ぎゃ…っ」と跳ね起きかけた。

けれど腕をすかさず摑まれて、シーツの上に逆戻り。

……シーツ？

思わず周囲を見回す。

ふかふかの羽根枕に、ふっくらとした大きなベッド。ベッドの周りは立派な天蓋布に覆われている。まるでふたりだけの小さな隠れ家のよう。

こんな場所に、なぜ王子とふたりきりでいるのか——。

「おはよう、マイスイートリトルドッグ」

ちゅ、と唇にキスされて、その温かな感触に打ち震える。

（ゆ、夢じゃない⁉　現実⁉）

そうだ。これは現実。歩途は——王子の恋人になったのだった。

ここはバルティア王国。王都にある宮殿の、王子の寝室。

ようやく働き始めた頭の中に、夢のような現実の記憶がワーッと押し寄せてきて、歩途は真っ赤になった。

こうして目覚めるのは初めてではない。それなのに歩途は毎朝、幸せなパニックに見舞われてしまう。

「歩途？　そんなに愛らしい表情をされると、放したくなくなる」

王子が優雅に髪をかき上げ、今度は歩途の瞼に、ちゅ、とキスしてくれた。

（ンンン……！）

胸いっぱいに甘い感覚が広がり、言葉にならない。

身悶えていると、扉がコンコココン、とノックされた。

「失礼いたします。おはようございます、ジークフリード殿下、サクゥ…ラヴァールト様」

王子付の世話係だ。歩途は慌てて王子から離れ、飛び起きる。

世話係は王子の返事を待たずに寝室に入ってきて、窓にかかったカーテンを容赦なくシャーッと開けていく。

朝陽が射し込んできて、室内を照らした。

光沢のある深緑色の壁紙には植物の模様があしらわれ、アールヌーヴォー調の華やかな調度品が並んでいる。

歩途は頬をペチペチと叩き、目を完全に覚ました。そしてハッと我に返り、パジャマの乱れを直す。

隣から視線を感じて振り向くと、王子は甘くとろけそうな目で歩途を見つめていた。

その上半身には何も纏っていない。均整の取れた肉体美も朝陽に照らされ、うっかり昨夜の出来事を反芻して、歩途はカーッと頬を赤らめた。

「な、なんですか?」

「まだ歩途からの『おはよう』をもらっていない」

歩途の喉を指先でくすぐりながら、王子が言う。

「お、おはようございます」

「おはようのキスは?」

「っ!」

(できないよーっ!)

心の中で叫ぶ。

なぜなら世話係が開け放っていったドアから、今度は従僕がモーニングトレーを持って入ってきていたり、メイドが朝の準備を始めていたりと、人目がありまくりなのだから。

「どうぞ」と、足つきのトレーがベッドの上に置かれた。

芳しい珈琲の香り。ふたり分のカップに視線が落ちる。

「わぁ、今日の珈琲はブラジルかな？　エクアドルかな？　この色だと……」

「ア、ル、ト？」

「ひゃいっ」

耳朶に唇をくっつけて低く甘い声で呼ばれ、「ひゃー」と首を竦めた。

「冷めないうちにいただきましょう」

「その前にキスだ」

こういう会話を他人に聞かれること自体が恥ずかしいのだが、王子は違うようだ。

ゆったりとガウンを引き寄せ、袖を通す。そんな他愛もない動作でさえも神々しい。

「尊い……」

と、胸の前で手を合わせたところで、ハッとした。

この瞬間、他に誰もこの部屋にいない。

（今だ！）

ちゅっ！

伸びあがって勢いよくキスをすると、膝元でカチャンと甲高い音がした。

しまった。カップがあったのだった。

慌てて見下ろすと、少しソーサーに零れてしまったものの、大きな被害はなかった。

ははっ、と王子は声を上げて笑う。

「こんなに色気のないキスは初めてだ」

そう言いながらもご機嫌になってくれたのはよかったが……。

「それ、昨日も言ってました」

「そうだったか？　歩途からのキスはいつも初々しくて、いつだって初めてみたいに楽しませてくれるからな」

そう言う王子の笑顔だって、いつだって初めてみたいにかっこいい。目にした笑顔のすべてを、網膜に焼き付けておけたらいいのに。

うっとり見つめていると、王子が優雅にカップを持ち上げ、傾けた。

（ああ……珈琲を飲む王子様、かっこいい……！）

王子は何をしていても完璧で、魅力的だ。一挙手一投足すべてが絵になる。

「そんなに見つめられると、期待されているのかと思ってしまうな」

「え？」

首をかしげたら、くちづけが落ちてきた。

また、唇に。ふわっと珈琲の香りが漂った。今度は軽く吸われ、舌が潜り込んでくる。はっきりとした珈琲の味。

背中を抱き寄せられ、歩途は王子の胸に凭れかかる。ドキドキと鼓動が速まった。舌を絡められて、「ん、ん……」と声が漏れる。王子のキスは気持ちよすぎて……。

「……クッ。このままだとベッドから出られなくなりそうだ」

王子が突然呟き、唇が離れた。

瞼を開けて、朝の陽射しを目にしてハッとする。そうだ、朝だった。

うっとりとキスに酔ってしまった自分が恥ずかしくて、歩途はごまかすように珈琲に手を伸ばす。芳しい香りに、たった今交わしたばかりのくちづけを思い出して頬が熱くなる。

ゆったりと珈琲を飲んでいたら、隣の部屋から「アンッ！」と犬の鳴き声が聞こえた。王子の愛犬だ。寝室に乱入してこないところを見ると、早く朝ごはんを食べたいと催促しているらしい。

歩途と王子は目配せしてくすくす笑い、急いで着替えて隣のリビングルームに向かった。そこはジークフリード王子居住棟の中でも、王子が私室として常に寛ぐ特別な部屋だ。

部屋に入ると、テーブルにはすでにカトラリーがセッティングされていて、その脇に小さな黒毛の柴犬がちょこんとお座りしていた。

「おはよう、ヴァルト。よく眠れたか？」

「ヴァルト先輩、おはようございます」

「アンアンッ」

まろまゆにつぶらな瞳(ひとみ)、ちょこんとした鼻、小さな赤い舌が愛らしい。

生後間もなく病気をしたせいで大きくなれず、今も子犬サイズだが、約五歳の成犬だ。

トレードマークである唐草模様の深緑色のスカーフを首に巻き、くるんと丸まったしっぽを振って、王子の「ヨシ」を待っている。

テーブルに着くと、朝食が運ばれてきた。

とろっとろのポーチドエッグが載ったエッグベネディクトに、彩(いろど)り見事なシャキシャキサラダ、それから本日二杯目の珈琲。

「ヨシ」

先に許可を与えてから、歩途たちも「いただきます」と食事を始めた。

フォークとナイフを使ってエッグベネディクトを口に運ぶと、とろりと舌の上で卵がとろけた。

そして向けられる王子の笑顔。

(美味(おい)しいよ～！)

王子と向かい合っていただく食事の美味しさといったら、どんな豪華なコース料理だって絶対に敵(かな)わない。

(はぁ……夢みたい)

本当に夢みたいなこの宮殿生活を送り始めて、まだ三日目。

けれど夢の始まりは、約六年前だった。

歩途は、とあるピンチに陥っていたところを、彼に助けてもらったのだ。

その時はまさか王子様だなんて思わず、かなりトンチンカンなことを言ってしまったらしい。

らしい、というのは、自覚がなかったから。後で王子から「おもしろいやつ」だと思ったという話を聞かされたけれど、実は今でも何がおもしろかったのか分かっていない。

ただ、彼があのころ『王子様』として騒がれるのを嫌がっていたことは知っている。そして歩途は騒がなかった。

助けてくれたその人が王子だと知り、こんな素晴らしい人を育んだバルティア王国を訪れてみたいと思ったけれど、それは彼にとって迷惑なことだと我慢した。ただ感謝だけを抱いて生きていこうと思っていた。

ところが、出逢ってから数ヵ月。彼はバルティア王国の広告塔としてメディアに積極的に登場し始めたのだ。

王子にどんな心境の変化があったのかは分からない。

ただ、すごい覚悟だと思った。そして応援したいと願った。だから自分にルールを作った。

その一。追っていい情報は、王室から出される公式のものだけ。パパラッチなんて以ての外。王子だけでなくロイヤルファミリーのプライベートを暴こうなんて記事は完全にシャットアウト。王子が嫌がりそうな情報は一切目に入れないこと。

その二。買っていいグッズは、王室公認の正規のものだけ。当然だ。

その三。迷惑行為は絶対に行わない。公式行事以外の出待ちなども論外。直接会えるのは一般参賀くらい。参列して、群衆の中で国旗の手旗を振ってお祝いはＯＫ。

とにかく遠くから、ほんの少しでも応援したい。

そう思っていたのに……。

二週間と少し前、ひょんなことから歩途は王子暗殺の嫌疑をかけられて拘束され、そこから縁あって王子の愛犬である黒柴犬ヴァルトの擬人化という役を引き受けることとなった。

どうしてそうなったのか一言で表すなら、歩途がヴァルトに似ていたから。

王子の愛する黒柴犬に似ているなんて、そんな光栄なことはない。

ちゃんと黒柴犬に見えるよう、燕尾服のお仕着せと、王子にいただいた唐草模様の蝶ネクタイを結び、二週間の航海に同行した。

そう、航海。それは王子の悲願であった豪華客船『クイーンバルティア号』の処女航海のこと。

ここバルティア王国は、バルト海に浮かぶ小さな島国で、セレブリティな人たちのリゾート地として有名だ。

王子は広告塔として、王国への道のりをラグジュアリーに演出すべく、豪華客船の就航を目指していたのだ。

それがこのたび、実現した。

それはとてもめでたいこと。けれど就航目前になっても、船長としての王子の護衛に関して問題が残っていた。

船内でもSPをつけたい近衛と、船長という立場上、絶対に受け入れない王子。

近衛の危惧は、王子にハニートラップが仕掛けられることだった。

もちろん王子が恋愛をすること自体は構わない。

しかし船の上という閉ざされた場所で、万が一にも第三者と共謀して既成事実でも作られては大変だ。女性の背後に誰がいるか――バルティア王国の政治や経済の勢力図を塗り替えようとする人物が関わっていないか、船の上での限られた情報で見極めることは難しい。

どうにかして王子に護衛を――と近衛が切望していたところに現れたのが、ヴァルトにそっくりな歩途だったというわけだ。

愛犬役として歩途がついて歩くことで、王子が乗客とふたりきりになることを避け、抑止力にするという算段だった。

それなのに……航海の間に歩途は王子に恋をしてしまった。

いや、恋していたことに気づいた、という方が正しいかもしれない。

六年間もずっと大好きで、応援し続けてきたのだ。その想いが恋だなんて、再会するまでは考えてもみなかったけれど……一緒に過ごしたり、戯れにくちづけられたりした時のときめきは、恋以外の何ものでもなかった。

絶対に叶わない恋だと思った。

それなのに王子は、歩途を望んでくれた。

船を下りても、傍にいることを許してくれて……恋人になって。

（夢じゃないんだよね、これ……）

またしてもうっとりと胸中で呟いて、熱いため息をつくと、王子がクスッと笑った。

ドキッと鼓動が跳ねる。

王子の手が伸びてきて……きゅっ、と唇の端を拭われた。

「子どもみたいで愛らしい」

そう言って、歩途の口についていたらしいソースのついた指をゆったりと舐める。

たったそれだけのしぐさなのに、妙に色っぽくて、歩途は「ひゃー」と慄いた。

駄目だ。王子は何をしてもかっこよすぎる。

「歩途、朝食が終わったら、私はいったん執務室に入る。慌ただしくてすまないな」

「いえ。毎日お疲れさまです」

船を下りてまだ間もないというのに、王子は連日忙しく働いている。

帰港当日も夜まで部屋に戻ってこなかったし、昨日と一昨日も仕事だと言ってほとんど部屋にいなかった。

そして今日は、ホテルシップ開業の日だ。

王国への道のりをラグジュアリーに演出すべく就航したクイーンバルティア号は、航行しない期間は港に停泊して、ホテルやバー、カフェ、劇場などの遊戯施設になる。

総責任者はもちろん船長のジークフリード王子。

「朝議が終わった後は、すぐに出掛けることになるだろう。先にモーニングに着替えておいてくれ。一式用意させてある」

「えっ。……もしかして僕も開業式典に列席させてもらえるんですか⁉」

「当然だろう。見たくないか？」

「見たいです！」

前のめりに答えると、王子に笑われた。笑顔が美しくて、ほぅ……とため息が出る。

「そう何度も悩ましい表情をしないでくれ。ベッドに戻りたくなる」

「え？」

「冗談だ。……ということにしておく」

思わせぶりに微笑まれて、なんだかよく分からないが歩途は頬を赤らめた。

＊　＊　＊

青い空。白い雲。頬を撫でる潮風。そして白い船長服に身を包んだジークフリード王子の、伝説の覇王のような存在感。

『バルト海の黄金の獅子』との呼び声も高く、海風になびく金色の髪は、まるで神話を紡ぐ糸のように美しい。

（あぁ船長服王子様！　尊い……）

歩途は両手を胸の前で組み、祈りを捧げるように心の中で呟いた。

豪華客船クイーンバルティア号の船首甲板で、女神像に見守られながらホテルシップ開業式典の挨拶をしている彼の人、ジークフリード・ヴィルヴァルト・フィルスシェルナ・バルティアの一挙手一投足、発する一言一句、一音一音が尊すぎて呟かずにいられない。

——尊い。

そんなことを考えて王子を見つめていたら、バチッと目が合った。

勘違いかもしれない。勘違いの可能性が高い。

いくら最前列とはいえ十数メートルは離れているのに目が合うわけがない……と冷静に

考えつつ、いや、合ったに違いない！　ともうひとりの自分が鼻息も荒く「ファンサは勘違いした者勝ちだよ！」と心の中で拳を握った。

そんな状況で、ふっと王子が微笑んだものだから。

きゃー、と歓喜の悲鳴が上がった。自分が叫んだのかと思ったが、それは周囲に参列している女性たちの声だった。おそらくみんな、自分に微笑みかけてくれたと思っている。

（分かる！　分かります……！）

彼女たちと手を取り合って興奮を分かち合いたい衝動をグッと我慢した。

王子は何事もなかったかのように挨拶を続けるが、列席者たちからは熱いため息が波のように次々と零れていく。

歩途もうっとりと彼を見つめた。

公の場で見るジークフリード王子の、完璧な『王子様』のかっこよさよ。

（……あの人が、僕の恋人……）

夢みたい……と、うっとりしているうちに、王子の挨拶は終わってしまった。もっとあのお声を聴いていたかったのに……と名残を惜しみながら、心からの拍手を贈る。

そうしていると、乾杯用のシャンパンが配られる。歩途も列席者のひとりとしてグラスを受け取り、王子の音頭に合わせて「乾杯」と周囲の人たちと微笑み交わした。

ファンファーレが鳴り響き、真昼の花火が上がる。

これでホテルシップ開業だ。

次の航海までの約一ヵ月間、客室がホテルとして用いられる他に、遊戯施設としてさまざまな催しが開かれる。

（僕もカフェ利用ならなんとか手が出るかな……）

本当は、むしろバリスタとして働かせてもらいたいくらいだが、そのためにはもっと修業が必要だろう。

歩途は大学の四年間、イタリアのバールでバリスタ見習いとしてアルバイトを経験し、これから本格的に就職しようというところだ。クイーンバルティア号の航行中は特殊な条件下でバリスタの真似事をさせてもらえたが、あれは王子のおかげだと分かっている。

その王子は……と視線をやると、華やかな衣装に身を包んだ老若男女に囲まれていた。皆、王子に挨拶したいのだ。

しばらく遠くから王子を見つめていると、歩途の方に近づいてくる人物がいた。

王宮警備隊のパフィだ。夕陽のように美しい赤毛の彼は、SP班に所属し、王子のもっとも近しい近侍のひとりとして公式SNSの更新も任されているというすごい人。

彼のおかげで歩途はこれまで、王子とヴァルトの写真をたくさん拝ませてもらってきたのだ。感謝しかない。

「ヴァルト様……じゃなかった、アルト様。今、よろしいでしょうか？」

航海中、歩途は黒柴犬の化身として「ヴァルト様」と呼ばれていたが、船を下りてからは本物と紛らわしいのでこの呼び方に落ち着いた。

「はい。なんでしょう?」

「次の場所へ、先にご案内するよう仰せつかっております。どうぞこちらへ」

いったいどこへ行くのだろう。

まったく分からないが、パフィなので不安はない。

歩途は導かれるままに、甲板から船内に入った。

一歩踏み出した途端、ふかふかした絨毯(じゅうたん)の感触に足が包まれる。長い廊下が続くが、広々としていて圧迫感はまったくない。木目の美しい艶やかな壁と、点々と下がるシャンデリアに、ここが宮殿であるかのように錯覚した。

開業式典を終えたばかりの船内は、まだ閑散としている。しかし客を迎える準備を整えたスタッフたちが、歩途に気づくとにこやかに挨拶してくれた。

歩途もひとりひとりに挨拶を返し、パフィを追って歩く。そしてエレベーターに乗り、到着したのは、なんと船上ヘリポートだった。

航海中は縁がなかったので、ここに来るのは初めてだ。大海原(おおうなばら)と港の両方が一望できて、とても見晴らしがいい。

そして駐機しているヘリコプターが一機。白い機体の側面に、王家の紋章が描かれていた。

（すごい！　かっこいい！）

思わず拝んでいると、パフィが、

「アルト様は信心深いのですね」

と感心したように言った。

それは違う。これは王子様おたくの習性です、と説明するべきか否か。

「しばらくこちらでお待ちください。もうすぐ殿下がいらっしゃいます」

「え、王子様が？」

いったいどうしてこんなところに？　と疑問に思っているうちに、エレベーターの扉が再び開いた。数名の近衛と王子が出てくる。

「歩途」

顔を見るなり、王子が笑顔を弾けさせた。

（まっ、眩しいぃ……！）

「どうしたのだ？　両手で目を覆ったりして。確かに今日の太陽はなかなかのギラつきだが、そこまでするほどのものか？」

「太陽じゃないです。王子様が眩しいんです～」

分かってない。ご自分の魅力を。

指の隙間（すきま）から王子を見ると、苦笑されていた。

「私にとっての歩途も太陽より眩しいが、眩しいからこそ一挙一動を見逃したくないが？」

「ぎゃ……」

突然の甘い言葉攻撃に歓喜の悲鳴を上げそうになったが、なんとか呑（の）み込んだ。

今はプライベートなのだから、ファンモードを前面に出さないように気を付けなければ。

王子は騒がれること自体には覚悟を決めたようだが、だからといって身近な人間がファンモードで騒いでは寛げないだろう。

（身近な人間……！）

自分で考えておいて、自分の言葉に衝撃を受けた。

そうだ。自分はもう、認知されていない一ファンではないのだ。

状況を理解しているつもりでも、動揺が抑えきれずに感情がぐらぐらする。頭で考えることに気持ちがまだついていっていない。

「歩途？　聞いているか？」

「えっ？　は、はい？」

（しまった。ご尊顔に見惚（みと）れて聞いてなかった）

自戒した端から動揺させられてしまう。まだ再会して三週間弱なのだ。恋人になったとはいえ、憧れ続けた六年間がすぐに思い出になるわけがない。自他ともに認める王子様おたくの生活と習性はなかなか抜けない。

「聞いていなかったのだな。私の渾身の口説き文句の数々を」

「くっ……!?」

苦笑する王子の周囲では近衛たちも苦笑いしている。パフィが「殿下ガンバ」と謎の声援を送ると、王子は「見てろ、ここからだ」と冗談めかした口調で答えた。彼らは王子と近衛という関係だが、とても親しいのだ。王子の信頼をこんなにも得られているパフィのことを、歩途は尊敬している。

「まあいい。今からたっぷり時間がある。歩途にも絶対に理解できる口説き文句責めにしてやるから、覚悟してろ」

「えっ」

「さあ、行こう。お手をどうぞ、我が愛しの恋人よ」

「っ！　な、な、何言ってるんですかっ」

いくらふたりの関係を知る人しかいないとはいえ、そんな甘い言葉を堂々と。

狼狽する歩途になぜか王子は声を上げて笑い、ぐいっと手を引いた。

力強い手にドキッとする。王子の手の形もかっこいいことは以前から知っていたけれど、この力加減や体温は、以前は知りえなかったこと。

「え、ていうか、ヘリコプターに乗せてもらえるんですか⁉」

驚いたら、笑われてしまった。状況判断が苦手というより、贅沢すぎて思いつかなかっただけなのだが、「歩途らしい」と言われるのはなぜだ。

「行ってらっしゃいませ～」

ヘリコプターに乗り込むと、近衛たちが手を振って見送ってくれる。

ぐんぐん上昇していく機体。クイーンバルティア号を眼下に見下ろすことになり、歩途は「わぁ」と声を上げて隣に座る王子を振り返った。

視線がかち合う。王子はこちらを見つめていた。てっきり歩途と同じように窓の外を見ていると思っていたのに。

「っ、あの、どこへ行くんですか?」

「歩途が望む場所に、どこへでも」

耳に唇を寄せてささやかれ、「ぎゃっ」と首を竦めてしまった。

「どういう反応だ、それは。色気のない」

「だって、王子様の声がかっこよすぎて……！　破壊力……！」

「破壊力?」

首をかしげる王子もかっこいい。この御姿を目にしているのが自分だけだなんて、夢みたいだ。

「それより」

「ところで」

同時に話し始めてしまって、口を閉じた。王子が「どうぞ」と紳士的に先を促してくれる。

「あ、いえ、王子様がお先にどうぞ」

「私が歩途の話を聞きたいのだ。マイスイートリトルドッグ、お先にどうぞ」

んぐ、と喉が鳴る。恋人になってから、隙あらば甘い言葉をぶっこんでこられて、そのたびに心臓が乱れ打って困る。

「他愛(たわい)もないことなんですけど、ヘリコプターってもっと騒音がするものだと思ってました。ヘッドセットつけないと会話できない映像をテレビでよく見るので」

この機体はプロペラの音がほとんど聞こえないくらいで、普通の小部屋にいるみたいに小さな声でも会話できてしまう。いったいどういう構造になっているのだろう。

機内には小ぶりながらも向かい合わせのソファがあり、操縦席とも透明の板で仕切られている。ソファはふかふかで、肌触りがとてもいい。

「王家所有の特別仕様だからな。操縦席との仕切りも防音のマジックミラーで、こちらの会話がまったく想像できない造りになっているから、密談に向いているのだ」

「そうなんですか⁉」

こちらからは操縦席の全体も、パイロットのふたりも鮮明に見えるのに。不思議な感覚だ。

「そっか。王家の方々ともなれば、ご家族で秘密の話もされますよね」

「家族間ではなく、要人を招いての密談だ。分かっているか？　今この状況もだぞ？」

「え」

もしかして、また何か王子のためのお役目をいただけるのだろうか。愛犬の擬人化として護衛というのは、陸に上がればさすがにもう必要ないだろうから……。

「なんなりとどうぞ」

キリッと姿勢を正すと、王子が噴き出した。なぜだ。

「失敬。足元でお座りするおすましヴァルトの姿が被（かぶ）った」

くっくっく……と喉の奥で笑いながら、金色の髪を揺らす王子。全開の笑顔なんてレアだ。写真に撮りたい。

「ところで、外をご覧。我が誇り、クイーンバルティア号の全景が美しく見えるころだ」

歩途は窓に飛びついた。

「うわぁ……！」

王子の言う通りだった。白亜の豪華客船が、青い海を背景に輝いている。

全長三百三十三メートル、乗客定員約千五百名。同じサイズの他の客船に比べて定員が半数以下なのは、全室スイートだから。

クイーンバルティア号は、王子の夢だった。この国を守り立てるために王子が考えたプランで、悲願でもあった。王子おたくたちは、プランが発表されるとすぐに貯金を始め、いつか乗船したいと夢見ているのだ。

その夢の豪華客船を、まさか上空から拝めるなんて。

「綺麗……！」

「女神の瞳は見えるか？」

寄り添ってきた王子に尋ねられて、ドキッとした。

「……み、見えません。そこまでは」

「あの瞳と同じ輝きが、指輪を受け取ってさえくれればいつでも見られるのだぞ？」

左手の薬指を、きゅっと摘まれて、歩途は真っ赤になった。

そう――指輪。

恋人になってすぐ、歩途は王子から指輪を贈られそうになった。

それも『バルティアの滴』がついた指輪を。

『バルティアの滴』とはバルティア王国固有の宝石で、とても稀少価値が高く、採掘されたすべてのものが王家所有となっている。一般の人が見られるのは王立博物館のものと、このクイーンバルティア号の船首女神像の瞳だけ。

そんな大切な『バルティアの滴』だが、実は王子にのみ、婚約指輪という形で与えられている。

それを受け取るということは、つまり……リンゴーン。

（わー！　なんで教会の鐘の音の幻聴が⁉）

一瞬脳裏（のうり）に浮かんだ結婚式の光景を慌てて消して、歩途は真っ赤になった。

恋人になったというだけでいっぱいいっぱいだというのに、こんな妄想をしてしまうのは、おたくの性（さが）かもしれない。

指輪自体は、保留にしてもらっているというのに。

「あっ、あっ、あの、王子様…」

「それだ」

「え？」

「先ほど私が言おうとしていたのは、その呼び方だ。ふたりきりの時は『ジーク』と呼んでくれるのではなかったか？」

「っ！」

カーッと頬が熱くなる。確かにそう約束したけれど。

「あの、でも、パイロットの方が」

「マジックミラーの性能に不安があるなら、今からキスでもしてみせるか？」

濃厚な、と耳元で付け加えた王子に、「ひゃー」と歩途は震えあがった。いい声すぎて鳥肌が立つ。

「だっ、ダメです。結構です。信じます」

「信じたなら、キスくらいいいのではないか？」

「それはちょっと心理的にダメですっ。いくらあちら側には見えてないって頭で分かっていても、気持ちが追い付きませんっ」

「歩途は奥ゆかしいのだな」

そういう問題ではないと思う。

「仕方がない。ならば私の名をきちんと呼べたら、許してやろう。今のところは」

最後の言葉が不穏だが、今はそこに言及している場合ではない。体をピタリと寄せられて、イケボイスまみれにされているのだから。それにくっつくと王子のフレグランスがふわりと香り、いい匂（にお）い……！　と動揺させられる。

「じっ、ジーク！」

これでどうだ！

自信たっぷりに呼んだのに、クックック……とまた笑われてしまった。

「もう少し情緒が欲しいな。色っぽくささやいてごらん」

くれた。

「無理です～」

歩途の大混乱を見届けて満足したのか、王子は「これもおいおいな」と微笑んで許して

そんな話をしていると。

「あ、お城が見えてきました」

歩途は思わず窓に張り付く。

小高い丘の上に建つ白亜の宮殿は、優美な迫力に満ちていた。外壁に施された彫刻が白く輝き、もっとも目立つ正面の建物には、国旗が美しくはためいている。庭園には青々とした豊かな木々が整然と並び、花々が咲き乱れる。そして黄金色の外門から見える位置に大きな噴水があり、涼やかな空気を感じさせてくれる。

空から全貌を眺めると、あの一角に滞在させてもらっていることが不思議になった。

歩途の夢は、この国の片隅で、バールスタンドを開くことだったのに……まさかの宮殿内での生活。

（珈琲を淹れることしかできないのに……）

バリスタ見習いの自分がなぜこんな状況になっているのか、本当に不思議でたまらない。

王子の隣にいられることは、もちろん嬉しいけれど……自分で本当にいいのだろうか。

「歩途？　何か気になるものでも見つけたか？」

「っ、いえ、ちょっと見惚れちゃって……」

心配そうに顔をのぞき込まれて、慌ててかぶりを振った。

せっかくの空中遊覧に連れてきてもらっているのに、余計なことなど考えていられない。

迷いを振り払い、歩途はめいっぱい楽しませてもらうことにした。

「ジ、ジーク。あの立派な建物はなんですか？」

照れながらもなんとか呼ぶと、王子は頬を緩めて歩途が指さす建物をのぞき込む。

「どれだ？　……ああ、王立博物館か」

「あんなに大きいんですか……！」

「行ったことはないか？」

「何回もあります。迷子になるくらい広いな～とは思ってましたけど、空から見るとその大きさがよく分かりますね」

「迷子になったのか？」

「う。えっと……五回ほど」

正直に答えたら笑われた。

「だってすごい数の展示品じゃないですか？　王国の歴史についても学べるし、クイーンバルティア号が就航するまで『バルティアの滴』を唯一見られる場所だったし、それなのに入場料が無料で……すごいです。王国に来るたびに見学させてもらってます」

「歩途さえその気になれば、見るどころか直に触れることもできるのだが」

「え?」

「いや。入場料が無料であることは、現国王の悲願だったからな。学ぶ機会をすべての国民に平等に与えたいと、父は常に口にしている」

誇らしげに言う王子から、父王への尊敬の念が見て取れた。

「バルティア王国の国民は……すごく大事にされてるな、って感じます」

王立博物館だけでなく、公立の美術館も基本的に無料だ。もちろん学費も、医療費も大学卒業まで無料。その代わり税金が高いが、福祉が充実しているので不満はほとんどない。王国が国民を守り、国民が自分たちの手で王国を築き上げているという一体感のようなものが感じられる。

「愛する人にそう言ってもらえると……心からの喜びを覚える」

王子は歩途の手を取り、指先にキスをする。

ひゃあ、と驚くと今度は肩を抱かれて唇にくちづけられた。

「んっ、……も、王子様……っ」

「ジークだ」

吐息とともにささやかれ、きゅんと胸を高鳴らせた歩途がなんとか、

「……ジーク……」

と呼ぶと、ちゅ、ちゅ、ちゅ、と顔中にキスの雨を降らされた。

うっとり……しかけて、ハッと我に返る。ここは空の上。そして前方にはパイロットの姿。

(みっ、見られてないよね!?　本当に向こうからは見えないんだよね!?)

狼狽する歩途を見て、にやりと笑う王子。

(あ、意地悪モード?)

王子は表向きには童話に登場する『王子様』のように完璧だけれど、本当はちょっぴり意地悪なのだ。けれど歩途はそんな彼が、童話の『王子様』よりもっと魅力的に思える。

が、しかし。

「ほら、歩途。旧市街地が見えてきたぞ」

「わぁ、味のある建物がいっぱい……」

横から頰にキス。

「っ、ジッ、ジーク……ッ」

「なんだ？　今度は、あちらに国立公園が見えるぞ」

「わ～、ほんとだ。花盛りですね！　……んっ!?」

強引に振り向かされて、唇にキス。

空中遊覧を楽しもうと思ったのに、たびたび王子の甘い攻撃にあって、動揺しまくってしまう。

「……もっ、もう。どうしてそんなに……ス、ばっかりするんですか!?」

動揺しすぎて息も絶え絶えになってしまうから、歩途は思い切って王子に尋ねた。

「恋人との空中散歩だ。景色を楽しませてやりたいが、その輝く瞳が私以外のものに夢中になっていると……いたずらのひとつもしたくなるだろう?」

「ひとつじゃなかったです。な、何回も……いたずらばっかりしないでください！　心臓がもちませんっ」

「……クッ。そんな愛らしい拒絶は卑怯だぞ、歩途……！」

「ひゃっ!?」

抱きすくめられて、

「これで最後だ」

と早口で言った王子に、濃厚なキスをされる。

パイロットがいるのに……と心の片隅では気になりながらも、王子の与えてくれる熱いキスに抗える歩途ではなかった。

王子の唇に酔いしれて、もうこのままどうなってもいい……と思ったけれど。

「歩途、ご覧。また海が見えてきた。もうすぐクイーンバルティア号に戻るぞ」

（え、もう？）

贅沢にも、名残惜しく思ってしまった。きっとこんな素敵な経験、一生に一度だと思うから。

残りの空中遊覧は、王子と手を繋いで楽しんだ。上空からの街並みは、カラフルな屋根が夏の太陽に照らされてキラキラと輝いているように見える。歩途にとって、ここは憧れの街だった。

うっとりと眺めているうちに、ぐんぐんと美しいクイーンバルティア号が近づいてきて、そのヘリポートに戻る。

これで終わりか……楽しかったなぁ、と嚙み締めていると。

「さあ、歩途。行こうか」

今度はなぜか、客室へと案内された。

停泊中はホテルとして使われているため、超高級なこの部屋に入ることなどできないはずなのだが……。

「わぁ」

感嘆の声を上げてしまったのは、室内がまるでおとぎ話の一幕みたいに豪華にしつらえられていたから。

真っ先に目に飛び込んできたのは、深紅の薔薇(ばら)の花束。

ゴージャスな猫脚のテーブルの上に、溢(あふ)れんばかりに咲き乱れている。そして花びらがそこかしこに散らされて、まるで薔薇の絨毯のよう。

薄紅色の壁紙には黄金の蔦模様(つたもよう)が這(は)い、天井から下がるシャンデリアとともにキラキラ輝いている。広々とした空間に贅沢に置かれたソファやテーブルセットは、どれも最高級品だと一目で分かるが、さらにその上に完璧なテーブルセッティングがされていた。

あまりの豪華さに言葉の出ない歩途の前で、王子は優雅に、薔薇を一本手に取った。

（絵になる……）

などと感動に打ち震えていたら、なぜかスッと差し出される。

「誕生日おめでとう、歩途」

この世のものとも思えぬキラキラ笑顔。

「…………え？　……あっ！」

そうか。誕生日か。そういえば今日は、歩途の誕生日だった。二十二回目の。

「その反応。まさかと思ったが、本当に忘れていたのだな？」

それはもう、すっかりと。

おそらくスマホには家族や友人からの「おめでとう」メッセージをもらっていると思うが、そういえば朝から一度も見ていなかった。王子と一緒にいると、いつだって目の前のことに夢中になってしまって、スマホをのぞく余裕がない。

「あの、まさか、これって僕への……プレゼントですか?」

尋ねたら、不敵な笑みを返された。

「愛する歩途へのプレゼントが、たったこれだけのわけがないだろう」

「っ!」

では、まさか……。

「じゃ、じゃあ、——船長服姿を愛(め)でさせてくださるんですか!?」

きゃーと叫びたいのを我慢して、両手を拳にしてぶんぶん振ったら、なぜか沈黙が落ちた。

「王子様?」

「……呼び方。と訂正する気力も失(う)せるな。愛でてどうする。せめて脱がせてくれ」

「ぬがっ!?」

狼狽する歩途の腰を、王子がすかさず抱き寄せた。

体が密着する。すっかり嗅(か)ぎ慣れたフレグランスが、ぶわっと強く香る。

(ひゃあぁー)

くいっと頤(おとがい)を摘まんで持ち上げられ、歩途は息を呑んだ。心臓が壊れそうなくらいドキドキする。

間近に迫った王子の顔は、もう見慣れていいころなのに、今また新たに目にした奇跡のようにかっこいい。

「歩途。――生まれてきてくれたことに、感謝する」

「っっっ……！」

神様ありがとう。歩途は思った。逞しい腕に抱き留められた格好で昇天しそうなほどの感動に打ち震えていると、……ちゅ、と唇が重ねられた。

胸が震える。

もう何度も何度も交わしているくちづけなのに、王子にキスされるといつだって初めてみたいにドキドキするのだ。けれど……。

「……んっ、あむっ…ん……」

くちづけられたら唇を開くことを、歩途はもう覚えた。そして唇の間から濡れた舌が忍び込んできて……ちゅ、くちゅっ……貪られる。眩暈のするような熱いキスになる。

「……んあぁ……ジーク……」

「いい子だ」

ふっと笑みを零した王子に、がぷりとかぶりつかれた。

それはめくるめく官能の海に飛び込む合図。

こうしてかぶりつき、歩途を貪る王子は、お行儀など知らぬとばかりに情熱的になる。

抱き上げられて、隣接するベッドルームまで運ばれた。

そこにも薔薇の花びらが散らされていて、歩途はまるでお姫様のように薔薇のベッドに横たえられる。や否や、伸し掛かられて、お姫様どころか肉食獣の餌のようにがぶがぶとかぶりつかれるのだった。

抱いてもらえる。

それは恋人になって、歩途に訪れた僥倖。

ずっと大好きだった人に、本当は憧れだけでなく恋をしていたことに気づいただけでも大事件だったのに……。恋人にしてもらえて、こんなふうに熱く求めてもらえて……本当に幸せだ。

「歩途、脱がせてくれ」

船長服の襟元を片手で寛げながらささやく王子の壮絶な色香に、くらくらした。

(この体勢のまま小一時間くらい愛でさせてもらいたいよ〜)

カッと目を見開いて網膜に焼き付けていると、王子は苦笑して歩途の手を取り、自分の釦に導いた。どうやら筒抜けだったらしい。

「……えっと、じゃあ……」

釦を外す。たったそれだけのことなのに、指が震える。

王子は歩途の顔中にキスの雨を降らせてくるから、余計に緊張する。そしてもたもたしているうちに、王子の手が歩途の服にかかった。

脱がされる。するすると。まるで魔法みたいに。

「まっ、待って」

「待てるわけがない。この布の下にごちそうが隠れていると知っているのだぞ？」

ごちそうどころか、こんな貧弱な体なのに。そんなふうに表現してくれるところが、王子様なのだと思う。彼のくれる言葉が甘すぎて、歩途はなんと返せばいいかいつも分からない。

「ありがとうございます」

とりあえず心遣いに感謝すると、噴き出された。なぜだ。

「歩途はムードを壊す天才だが、それくらいでちょうどいいのだろうな。そうでなければ私はおまえの体にまで溺(おぼ)れて、公務が手につかなくなってしまうだろうから」

「え、僕今、ムード壊しましたか？」

クックック……と王子が肩を揺らして笑う。

しかし次の瞬間、彼の目がスッと鋭くなった。まるで肉食獣のように。それでいて砂糖を煮詰めたみたいな甘さが凝縮された色を帯びて。

「何度でも壊すがいい。いつだって私が愛の海に呑み込み直してやる」

そこからはもう、言葉はなかった。

毟るみたいに衣服を全部脱がされて、体の隅々まで愛撫される。

荒々しくくちづけながら、首筋を撫でられ……鎖骨をなぞられ、そして胸の突起をはじかれた。

「あんっ」

声が漏れる。恥ずかしくて口を閉じようとしたら、

「……聴かせて」

とささやかれた。低く甘い声で。

王子は隙あらば甘い言葉をくれるけれど、ベッドの中でしか聞いたことがない声がある。この声でささやかれると、全身が痺れるみたいになって力が抜けてしまう。

胸の突起をいじられながら、その上から舐められた。快感に震える。どこを触られても、どこにくちづけられても、快感を覚えてしまう。それどころか視線を這わされただけでぞくぞくと鳥肌が立つ。

王子は魔法を使えるのではないだろうか。

視線ひとつで歩途をぐずぐずにしてしまう魔法。

愛撫が下肢に達すると、あまりの快感に歩途は身悶えた。目の前に赤い花びらが見えて、シーツの海に散らされていた薔薇の花びらを思い出す。

「歩途」

視線の先を追ったのか、王子がそれを一枚摘まみ上げた。そして紅い舌で、ねっとりと舐め……歩途の肌を、それでツゥ……と撫でる。

ぞくぞくした。冷たくて、濡れていて、ベルベットのような花びらは王子の舌みたいなのに、まったく違う。

「ああんっ」

胸の突起を花びら越しにいじられた。裏返った声が上がってしまう。

「愛らしい」

どこが。恥ずかしくて変な声なのに。

けれど王子が「歩途は素直に声を聴かせてくれる」と嬉しそうに言ってくれるから、どんなに恥ずかしくても口だけは閉じないようにがんばっている。

王子はまた花びらをねっとりと舐め、舌に載せたまま歩途にくちづけてきた。

いつもの熱い舌が膜に覆われているみたいで、もどかしい。手で取ろうとしたら、手首を摑まれて制止された。それでも歩途は、この花びらを取り除きたくて。王子の舌に直接触れたくて……。

「んっ、んっ」

一生懸命に舌を動かし、口の中で薔薇を避けようとする。少しずつ王子の舌に直接触れられるようになってきた。それが嬉しくて、舌を積極的に絡める。そうしているうちに、

花びらがふたりの間でぬくもり……ふわり、と香りを漂わせた。

王子がクスッと笑う。その笑みに愛しさが溢れていることを、歩途は感じ取った。

「上手にキスできたご褒美をあげよう」

王子は、はふはふと胸で息をする歩途を見下ろし、どこから取り出してきたのかローションを手にたっぷりとまぶした。

あ、来る……と思った。

片足を抱え上げられる。そして後孔(ごこう)に、くぷりと指が挿(は)いってきた。

「あっ」

初めは一本だけ。抜き差しされて、くぷくぷと小さな音だったのが、次第に二本、三本と増やされて……水音が大きくなる。くちゅ、ぐぷっ、といやらしい音が響く。

恥ずかしくて、でも……自分のおしりをいじっているのが王子のあの美しい指だと思ったら、それだけでもう眩暈がするほど気持ちよくて、歩途はあんあんと声を上げて鳴いてしまう。

「歩途」

頤を優しく摑まれて、彼の方を向かされた。

男の色香を放つ王子がそこにいて……ちゅ、と小さくキスしてくれたと思ったら、大腿(だいたい)を抱え上げられた。

挿いってくる。

「あーっ！」

彼の大きなものがぐぷぐぷと歩途の中を進み、最奥まで到達する。

腹が苦しくて、それなのに嬉しくて、歩途は泣き笑いみたいな顔で王子に抱きついた。

「すき」

「っ！」

グッと、最奥を抉られた。

そうかと思うと、長いストロークで抽挿されたり、入り口あたりだけを刺激するように小刻みに揺り動かされたり、王子の律動に翻弄される。

「あんっ、あっ、あっ、あぁんっ」

声が止まらない。

王子とのセックスは、歩途がこれまで二十二年間生きてきてまったく知ることのなかった世界だった。

恋人になってからもう何度も抱いてもらっているのに、歩途はまだまだ翻弄されるばかりだ。

こんなことでいいのだろうか。王子も気持ちよくなってくれているだろうか。そんな不安が生じるのは、すべてが終わってから。

「あんっ、ああ……んっ。すき……ジーク、すきっ」

揺さぶられて、揺さぶられて、もう何がなんだか分からなくて……。

「愛している、歩途」

ささやかれて達すると、王子もまた小刻みに腰をぶつけてやがて達してくれる。

それが幸せで幸せで。

恥ずかしいけれど……この行為が好きかもしれない。

それは恥ずかしすぎて王子には絶対に言えない歩途の秘密だ。

＊２＊

クイーンバルティア号がホテルシップとして利用されるのは、約一ヵ月間。

王子は船上で来賓をもてなす仕事をメインに、城内外でも公務を行うという。

「歩途にも公務に同行してもらえたら、ずっと一緒にいられるのだが……まだ難しいな」

ひどく残念そうに言われて、歩途は焦った。

同行できないことなど当たり前なのに。いくら愛犬ヴァルトに似ているからといって、陸でまでくっついて回ることはできない。

「僕のことなら気にしないでください。ヴァルト先輩とお留守番してますから」

「そうは言っても退屈だろう？　遊戯室があるとはいえ、チェスやビリヤードをひとりでしてもつまらない。シアターもあるが、映画ばかりも飽きるだろう。――そうだ、今のうちに引っ越しを終わらせておくのはどうだ？　イタリアのアパートを引き払って」

名案！　とばかりに笑顔を向けられて、思わず頷きそうになってしまったが、寸前で我に返った。

「むっ、無理です～。家族になんて言えばいいんですか？　その前に、まだ王子……ジークのご家族にもご挨拶できてないのに、そんなのだめです」

「歩途の家族には私も早く挨拶したい。いつならご都合がつく？　スケジュールを調整しよう」

今にも調整を始めんばかりに乗り気な王子に、「待ってください～」と縋り付く。

「あの、ジークの気持ちはとっても嬉しいです。でも待ってください。まだ僕、夢の中にいるみたいでふわふわしてて、か、家族に紹介とか……ひゃ～」

神々しいジークフリード王子を家族に紹介するシーンを妄想してしまい、ひとりで赤くなる。

「愛らしい」

喉を指先でくすぐられて、くすぐったさと嬉しさに身悶えた。

「だが、早くしなければ次の航海で、私たちはまた城を空けることになるだろう？　それまでに互いの家族に紹介して、婚約指輪を受け取ってもらって、しかるべき手順を踏んで公式発表しなければならない。時間はいくらあっても足りないぞ？」

「…………え？」

「どうかしたか？」

不思議そうな表情の王子もかっこいい……じゃなくて。

「つ、次の航海？　……え？　次の航海にも、僕は同行させてもらえるんですか!?」

「当たり前ではないか」

歩途は驚愕に、あんぐりと口を開けてしまった。

考えてもみなかった。けれど言われてみれば、船内での王子の護衛問題は今後も続くこと。歩途が愛犬役として役に立てるのであれば、ぜひとも協力させてもらいたい。

「歩途の家族は離れて暮らしているのだったな？　イタリアかイギリスに集まれそうか？　それともそれぞれにご挨拶にうかがった方がいいか？」

「ちょ、ちょっと待ってください。もう少し時間をください～」

歩途の父は日本企業のイギリス駐在員、母はイタリアでヴィオラ奏者として活動し、姉はアメリカの企業で研究員をしている。全員が揃うのは年に数えるほどだ。離れているからこそきちんと連絡を取り合うようにしていて、絆は強いと思う。しかし王子を紹介することは、歩途にとってそう簡単な話ではない。

「すみません。ジークも家族も大事だからこそ、もうちょっと気持ちを落ち着けてからじゃないと……なんだか怖くて」

「怖い？　何か気になることが？」

なんと説明すればいいのだろう。今のこの状況が夢みたいで、シャボン玉のように弾けたらどうしようという恐れがあるということ。

うまく説明できそうになくて、言いあぐねていると、王子が労るように歩途の頬を撫でた。

「そんな顔をしないでくれ。……すまない。急ぎすぎたようだな。おまえの気持ちが整うのを待とう」

「……決して嫌なわけじゃないんです」

「分かっている」

優しくキスをされて、騒いでいた心が甘く溶かされていく。

「少しずつ城に馴染んでくれればいい。そうだな……まずは城内を案内しよう。まだ私の居住棟の一部しか知らないから、引っ越しに尻込みしてしまうのかもしれない。おいで」

手を引かれて王子の私室を出ると、クッションの上で丸くなっていたヴァルトもついてきて、歩途たちを追い越して先頭を行く。小さな足でトテトテと歩く姿に癒やされる。

扉の前に控えていた近衛も、すれ違う使用人たちも、ヴァルトを見ると相好が崩れた。

「宮殿は公に用いられる外廷部分と、居住区域である内廷部分に大きく分かれている。さらに内廷の中で半外廷的な本棟と、各王族に割り当てられた居住棟がある。棟の入り口には必ず門番がいて、個人旗が掲げられているから、誤って他の棟に足を踏み入れることはない。私の個人旗は分かるな？」

「はい。深緑色の生地に王家の紋章ですよね？」

「正解だ。国王陛下夫妻は白、王太子は青、次兄は赤、下の妹は黄だ」

王子には妹姫がふたりいるが、上の妹姫はすでに結婚して王族の籍を離れている。今はイギリスで、夫と子どもふたりと一緒に幸せに暮らしている。

「各居住棟には私室、食堂、晩餐室、応接間、書斎、執務室に……あらゆる遊戯室、もちろん客間も複数ある。歩途の家族をいつでも招くことができるから安心してくれ」

長く続く廊下を歩きながら王子は軽く言う。

廊下には絨毯が敷かれ、高価そうな壺や絵画が飾られていたり、休憩用の豪華なベンチがあったり、シャンデリアが輝いていたり、その煌びやかさに歩途は改めて目を瞠った。

それだけでも充分すごいのに、ジークフリード王子の居住棟を抜けて本棟に渡ると、その煌びやかさはさらに華やぎを増した。

「ここが玄関だ」

と連れていかれた場所には、巨大なシンメトリーの美しい曲線を描く階段。白を基調とした手摺りには金色の装飾が施され、パッと華やいで見える。さらに階段すべてに深紅の絨毯が敷かれ、一段一段に置かれた留め具が光り輝いている。踊り場には輝かしいステンドグラスと、国王陛下の肖像画がドーンと飾られ、その周囲には家族の肖像画が並んでいた。そして天井からは見たこともない大きさのシャンデリアが下がり、キラキラと輝いている。

「すごぉ……」

「内廷とはいえ、本棟は来賓を迎えることが多いからな」

それなりの威厳が必要ということか。

しかし内廷がこの煌びやかさなら、外廷部分はいったいどうなっているのだろう。見てみたいような、恐ろしいような。

「まずは、家族用のリビングルームに案内しよう。こちらだ」

豪奢な階段を王子は当たり前みたいに上っていくが、歩途はおっかなびっくりになってしまう。絨毯を汚したらどうしよう……と、靴の裏を確認してみたり、手摺りを持ちそうになった寸前に指紋を付けてしまうと手をひっこめたり。

二階に上がると、今度は長い廊下の両側に本が並んでいた。

「ここはロングホールを利用した図書室だ。比較的管理の難しくない、近年の稀覯書が並んでいる」

と言うが、重厚な背表紙の本ばかりで、その風合いも歴史を感じさせる。

ロングホールを抜けると、今度は大理石で造られているらしい明るい場所に出た。その廊下のひとつの扉の前で、近衛がふたり待機していて、王子の姿を認めるとサッと開けてくれる。

「歩途、ここがリビングルームだ。ロイヤルファミリーの団欒を取材される時もここを使う」

とんでもない広さの部屋だった。歩途が住んでいるイタリアのアパート全部を足しても、きっと足りない。

壁に美しい油絵が所狭しと飾られていたり、巨大な窓にかかるカーテンがとても繊細な刺繍で飾られていたり。そして部屋の中央近くには黒く艶めくグランドピアノが置かれていて、それを眺められる位置に重厚なソファがある。

チェストやテーブル、イスなどの調度品は、白を基調に黄金の装飾が施された上品なものばかり。それからあちらこちらに花が生けられ、室内を瑞々しく彩っていた。

ここがリビングルーム？　パーティホールの間違いでは？

「……王子様の部屋もすごく広いと思ってましたが……」

「歩途？　『王子様』ではなく」

「え？」

「ふたりきりの時は『ジーク』と呼んでくれるのではなかったか？」

「あ」

そうだった。ついこれまでの習慣が出てしまう。

が。考えてみれば、先ほどから使用人が行き交っていたり、王子に耳打ちする側近が現れたり、少し離れた場所に近衛が控えていたりと人目がありまくりなので、ここでは「王子様」でいいのでは。

それをどう伝えるか迷い、歩途はおずおずと口を開いた。

「ふ、ふたりきりじゃないので……」

『……クッ。そのように愛らしく恥じらわれては、引き下がるしかないではないか』

バルティア語で呟かれ、歩途は「え？　え？」と困惑した。

「次は晩餐室だ。おいで」

手を取られて、そのまま廊下に出る。周囲の目が気になるけれど、歩途からその手を離すことはできない。

（でも、僕って周りの人たちにどう思われてるんだろ……）

王子は当たり前のように歩途を恋人として扱って、自分の居住棟に滞在させているけれど、使用人たちは驚いているのでは。彼らはプロなので、歩途の前ではごく普通に振る舞ってくれているが。

船の中で知り合った近衛たちや、王子に近い世話係やメイドたちには直接挨拶もできたが、まだ話したことのない人だってたくさんいるのだ。

定まらない自分の立場が、少し居心地が悪かった。

（でも何よりもまずはご家族だよね……）

国王夫妻は今、外遊中だと聞いている。次兄のロイド殿下は空軍の駐屯地で暮らしていて、下の妹姫はイギリス留学中だ。おそらく宮殿内には王太子だけがいらっしゃる。

煌びやかな廊下をどんどん進み、次に連れてこられたのは、またしてもホールのような部屋だった。

晩餐室に足を踏み入れた瞬間、歩途はぽかっと口を開けてしまった。

（ゴージャス……！）

大広間に、長ぁーいテーブル。純白のテーブルクロスが皺ひとつなくピシリと張られ、数ヵ所に豪華な装花と三又のキャンドル立てが設置され、存在感を示している。

「ここが私的な会食用の晩餐室だ。家族全員が揃う時は、ここを使う」

王子はさらりと言うが、待ってほしい。

私的な会食用の晩餐室？　家族全員が揃う時？　……家族との食事は会食と呼ばれるのか？

一般家庭出身の歩途は、この時点ですでにくらくらと眩暈がした。

生活習慣というか、規模が違いすぎる。

「どうかしたのか、歩途？」

「いえ、パワーワードが並びすぎてくらくらしただけです。お気になさらず」

「パワーワード？」

しまった、これもおたく用語だったか？

歩途は六年に及ぶ『王子様おたく』であるため、うっかりおたく用語を使ってしまうことがある。その最たるものが『尊い』だが、その他にもいろいろと気を引き締めておかなければ。万が一、王子に移ってしまったら、王子がおたくだと世界中の人に誤解されかねない。

「こんなゴージャスな食堂で食事したら、緊張して味なんて分からなくなりそうです」

「そうか？　クイーンバルティア号のレストランでは堂々としたものだったではないか。歩途ならすぐに家族の会食にまざれると思うが？」

「無理です無理ですっ。テーブルマナーだって、基本的なことしか分からないし」

「歩途は謙虚だな」

それは違う。そう言いたい。けれど王子の笑顔があまりにも輝いていて、

（うっ、眩しい……！）

言葉が出なかった。シャンデリアなんかより、輝いている。

よく考えたら、自分はいつもこんな太陽のような輝かしい御方と向かい合って食事をしているではないか。ジークフリード王子以上に眩しい存在などないのだから、ふたりで食事の回数を重ねたら、免疫がつくだろうか。

「だが確かに、今後のことを考えると……普段の食事もきちんと食堂で摂った方がいいかもしれないな」

「食堂ですか？」

「私の居住棟の食堂だ。今はとにかく歩途と寛ぎたくて私室で摂っているが、マナーとしてはあまりよろしくないからな」

「そうなんですか」

「本当はおまえの客間も……いや、なんでもない。さあ、次は本棟の私の執務室に案内しよう」

「え、こちらにも執務室があるんですか？」

「もちろん。居住棟と、本棟と、外廷にある。応接間もそれぞれにあるぞ」

そんなにたくさんあって混乱しないのだろうか……と考えながら歩いていると、渡り廊下に出た。

広々とした庭を囲むように渡り廊下が巡らされていて、真夏の陽光が注いでいる。日本の北海道より緯度が高いため、バルティア王国では真夏の今が花盛りだ。

色とりどりの花々に目を奪われていると、その中からひょこっと黒毛の柴犬が顔を出した。

「ヴァルト先輩！」

「そんなところにいたのか、ヴァルト。どこに行ったのかと思っていたぞ」

トテテテッと小走りに駆け寄ってくる黒柴犬の愛らしさよ。

くるんと丸まったしっぽを左右に振って、短い足を懸命に動かし王子のもとに駆けてくる――と思いきや。

　スルー。

　歩途の足にじゃれついて、「アンアンッ」と鳴く。

「あはは。ヴァルト先輩、ツンデレですね？」

　くるりと周囲を見回すと、歩途と王子の他には少し離れた場所に近衛のパフィしかいなかった。

　ヴァルトはパフィを王子に近しい人と認識しているようで、彼がいてもプライベートモードになるのだ。

　プライベートモード……いわゆるツンデレの『ツン』。

「おーい、ヴァルト。私にも撫でさせてくれないのか？」

　歩途がヴァルトを撫で撫でしていると、王子も片膝（かたひざ）をついて傍ら（かたわ）でぼやく。

「歩途とヴァルトがじゃれ合う姿は天国だが――私も仲間に入れてくれ」

　そう言うなり、ちゅっと王子に唇を奪われた。

「ひゃっ」

　カーッと顔が熱くなり、思わずパフィの方を確認すると、彼は明後日（あさって）の方を向いていた。

　よかった。運よく見られなかったらしい。

せっかく安心したというのに、王子ときたら。

「私とのくちづけより、他に気になることが？」

にっこり笑ってさらなるキスをしようと迫ってきた。

歩途は慌ててヴァルトを抱き上げ、顔の前に掲げてガード。

王子は声を上げて笑う。

「そんな愛らしい防御は卑怯(ひきょう)だぞ、歩途、ヴァルト」

「アンッ」

「こんな可愛(かわい)いやつは、こうしてやる！」

わしゃわしゃと撫で始めると、ヴァルトはもぞもぞっと身を捩(よじ)って、歩途の手から抜け出してしまった。そして王子の撫で撫で攻撃から逃げまくる。代わりに歩途にまたじゃれついてくる。

「待て、ヴァルト。撫でさせろ」

そんな姿が可愛くて、ヴァルトを譲ろうとするけれど……ヴァルトはますます歩途にじゃれついてくる。

それはどうやら、本当は王子にこそ構ってほしいヴァルトの心の声のようなのだ。

なぜならプライベートモードではツンなのに、公の場や使用人などの目があると途端に――。

スススッとヴァルトが王子に寄り添うように移動して、ちょこんとお座りした。

（あ、おすましモードだ）

どこからどう見ても忠犬にしか見えない『おすましモード』。心なしか表情もキリッとしている。慣れていない使用人でもやってくるのかなーと思いきや。

王子がスッと立ち上がった。

「リヒトだ」

「っ！」

それは、王太子の名前。

びっくりしたのと緊張に同時に襲われて慌てて立ち上がると、庭を挟んだ向こう側の渡り廊下を、王太子一行が歩いていくところだった。

「——行こう」

「え？」

グイッと手を引かれて、庭に下りる。

わたわたしている歩途の手をぐいぐい引いて、王子は花壇を縫うように進んでいく。

（え？　え？　まさか今から王太子殿下のところに行くってこと⁉）

「あ、あの、王子様っ」

「私に任せておいてくれ。この機会を逃すといつ紹介できるか分からないのだ」

やはり紹介されるらしい。

歩途は王子の勢いに引きずられるように歩きながら、自分の身なりを見下ろした。清潔な襟付きのシャツは着ている。けれどジャケットもなければ正式な挨拶の言葉も練習できておらず、不安しかない。

しかしここで逃げるわけにはいかなかった。

王子が今しかないと言うなら、そうなのだろう。

歩途だって、一日も早くきちんと挨拶することを望んでいるのだから。

「リヒト！」

まだ距離はあるが、王子が声をかけると、王太子がこちらに気づいた。

王太子は立ち止まり、続く一行を少し離れた場所に下がらせる。どうやら時間を取ってくれるらしい。

どんどん歩いて渡り廊下に立つ王太子を間近に見上げた瞬間、威圧感に息が止まるかと思った。

神々しい。

ジークフリード王子と同じ青い眸（ひとみ）と黄金色の髪だが、雰囲気がまったく違う。王太子はその神々しさゆえか、他人を寄せ付けないオーラを放っていた。

ジークフリード王子が人と接することを仕事とするなら、王太子は何かを守ることを使命とする空気を感じる。

「リヒト、呼び止めてすみません。少しいいですか？」

王子の力強い手に引かれて、歩途は一緒に庭から渡り廊下へ上がる。

この人の前に出るのかと、歩途の足は小さく震えた。

「道なき道を突き進んでくるとは、いつからそんなやんちゃになったのだ、ジーク？」

苦笑してかぶりを振ると、ふっと空気が緩んだ。

他人を寄せ付けないオーラの中に、親愛のまなざしを見た。

けれど穏やかに微笑む王太子の周囲には、ピリリとした緊張感のようなものを感じた。

「最近はおとなしくなったつもりですが、私の心を少年のように躍らせる出逢いがあったもので」

「……ほう？」

「紹介します。私の恋人の…」

「聞かん！」

突然、王子の言葉を遮った王太子に、歩途はびっくりした。

ギリリと吊り上がった眉に、鋭い視線。それは王子だけに突きつけられているのに、隣にいる歩途でさえ吹き飛ばされてしまいそうな迫力を感じた。

恐ろしくて足がガクガクする。それなのに王子は泰然と構え、苦笑いまで零していた。

いったいどんな心臓をしているのだろう。

「紹介もなしに、どうやって証明しろと言うのですか？」

「それを考えることもおまえの力量だ。たった二週間の想いとやらがどれほどのものか、見せてもらおうではないか」

（え⁉　もしかして王太子殿下は僕たちのことをすでにご存じなの⁉）

狼狽する歩途をよそに、

「出逢ったのは六年前です。先日もお話ししましたが」

と王子はきっぱり答える。

「その期間ずっと愛を育んできたわけではないのだろう」

「確かにそれは事実です。ですがその六年前の出逢いこそが私の人生にとって重要だった。歩途は私の目を開かせてくれた、大切な人です」

「それが友情ではなく恋愛になる意味が分からん」

「そうですね。しかし恋とは落ちるものですから」

王子が歩途を見下ろして、「な？」と同意を求めてくる。

これは頷いていいのだろうか。遠慮がちに首を縦に振ると、王太子の方から圧を感じた。ぶわっと空気が攻めてくるような、ものすごい迫力だ。

『――バルティアの滴は、大海原に滴り消える』

「っ！」

王太子が唸るように言ったバルティア語の言葉に、歩途は戦慄した。

なぜならそれは、先日ヴァルトによって王子のもとに届けられたメッセージと一言一句違わなかったから。

（まさかあのメッセージの送り主って、王太子殿下⁉）

「心得ています」

「そうあってほしいものだ」

カッと靴を鳴らして歩きだした王太子に、警護の者たちが慌てて後を追う。

後に残されたのは、歩途と王子のみ。

「あ、あの、今のってどういう……？」

青ざめる歩途に、王子はまるでいたずらを思いついた子どものような生き生きとした笑顔を向けてくる。

「実は帰港した日に、歩途を紹介したいと家族に話した」

「ええっ⁉」

「あの日は家族全員が揃っていたからな。婚約指輪も準備が整っていたし、一気に攻めるつもりだった。ところが……恋愛期間が短すぎるとリヒトに猛反対されてしまった」

帰港日といえば、船を下りてすぐ王子の私室に連れてこられて、待っているように言われた日だ。歩途は夢の中にいるみたいにふわふわしていたし、ヴァルトと初めて会えて、その可愛さにめろめろになっていた。

自分が能天気に過ごしていた間に、まさかそんなことになっていたとは。

「私としては、男同士だということで反対される覚悟はしていたのだが……。婚約指輪の準備を急いだのは、歩途を逃がさないためと、家族に本気だと示すためだった。だが、それが思いがけなくリヒトを刺激してしまったようなのだ……すまない」

歩途は息を呑(の)んだ。

本当だ。同性なのに、そこは問題にならなかったのだろうか。

バルティア王国では同性婚がすでに認められているが、まだその歴史は浅く、マイノリティであることに変わりはない。家族としての感情もあるだろう。

「僕が男だということで反対はされなかったんですか？」

「されなかった。ゲイだったのかとは訊(き)かれたが、性別など関係なく歩途だけが特別だと答えたら、それ以上の言及はなかった。私は家族を見縊(みくび)っていたのかと恥ずかしくなったくらいだ」

「……すごいです」

呟いて、ふと思った。

もしかして自分が家族に王子を紹介したいと積極的に思えていないのは、その問題もあるからではないかと。

　王子様と一般庶民である上に、男同士。

　恋人になっただけでものすごいことで、夢みたいなのに……この夢のような時間を少しでも長く味わっていたいのに、家族に紹介することで何らかの反対に遭い、現実に引き戻されてしまうのではないかと恐れているのでは。

　シャボン玉が弾けそうだと感じていた気持ちの正体はこれだ。

　歩途は動揺した。王子の言うように、自分も家族を見縊っているのだろうか。けれど……怖い。この気持ちに気づかないふりをすることはもうできない。

「二週間は客観的に見ると確かに短い。だが、ただの二週間ではない。おまえと船で過ごした一分一秒が永遠にも思えるほど濃密な時間だったのだ。私にとっては求婚を決意するに値する、充分な時間だった」

　真剣なまなざしで語られて、頬が熱くなった。

　甘い声で口説かれるのも照れてしまうが、こうして真剣な王子に愛を語られると心を揺さぶられる。

「だが心配しないでくれ。リヒトは人一倍家族を愛しているだけで、分からずやではない。妹が結婚する時も大変だったが、誠意を示して祝福を勝ち取った。私たちの愛が本物だということを証明してみせれば、認めてくれるだろう。そしてリヒトさえ攻略できれば、他の家族も反対はするまい」

「しょ、証明ってどうやって……？　歩途は何も心配しなくていい」

「私に任せておいてくれ。歩途は何も心配しなくていい」

そう言ってくれるが、なんだか違うような気がした。

「……あの、でも、これってふたりの問題ですよね？　僕にもできることがあるなら、一緒にがんばりたいです。僕には何ができますか？　王子様を……ジークを支えられる人間に、どうやったらなれますか？」

「歩途……」

王子がわずかに目を瞠る。

「そうだな、ふたりの問題だ」

なぜか嬉しそうに微笑んで、王子は歩途の頬を撫でた。

「実は私は、歩途の人となりさえ知ってもらえればなんとかなると高を括っていた。だが紹介さえ拒まれるとなると……作戦を変える必要があるな」

しばし考え込む王子を、歩途はハラハラしながら見守る。

「——そうだ。三週間後に、リヒト主催のチャリティパーティをクイーンバルティア号で催すことになっている。その時に私に同伴して、完璧な姿を見てもらうのはどうだ？」

「それで認めてもらえるんですか？」

「王族のマナーを完璧に身につけるというのは、並大抵の努力ではできないことだ。どれだけの覚悟が必要か……一般女性と結婚したリヒトには痛いほどよく分かっているだろう」

せつないまなざしになった王子に、歩途は王太子に対する彼の愛情を知った。

王太子妃は、男の子を産んで間もなく病で他界している。グランツ王子は現在三歳。一般参賀でその成長を見るたび、なんの関わりもなかった歩途でさえも、鬼籍の妃を想って胸を痛めていた。

「歩途、覚悟はあるか？」

三週間で完璧なマナーを身につける覚悟。

たった三週間で……という気持ちと、けれど人生を変える濃密な二週間を経験したばかりだという自信のようなものが、歩途を突き動かした。

「あります。勉強させてください」

答えたら、王子が微笑んで歩途の髪をくしゃっと掻き混ぜた。

「あともうひとつ。船上カフェで、またヴァルトの擬人化を演じてくれる気はあるか？」

「っ！　護衛ですか？」

航行中と同じように、ハニートラップから王子を守るという大切な役目があるのかと張り切ったら。

「いや、バリスタとしてだ。歩途がどれほど健気(けなげ)で愛らしいか知ってもらうためには、『人型ヴァルト』は欠かせない。本音を言えば、天使のように愛らしいおまえを人目にさらすのは悔しいのだが……そう言ってもいられないからな」

真面目(まじめ)な話をしている中にも愛の言葉を織り込まれて、歩途の頬がじわじわ火照(ほて)る。

「時間は私が船上カフェで客をもてなしている間のみ。できるか？」

「やりたいです。またヴァルト先輩の役をさせてもらえることも、珈琲(コーヒー)を淹(い)れられることも嬉しいです。……でも、お邪魔になりませんか？」

「邪魔どころか、客たちも歩途に会いたいと願っている。そうだな、パフィ？」

歩途が背を向けていた庭の方に向かって、王子が声を張る。

振り返ると、パフィがヴァルトとともにいて、こちらに歩み寄ってきた。

どうやら彼らも、庭を横切ってついてきてくれていたらしい。

「なんのお話でしょう？」

「歩途が大人気だという話だ」

「ああ！　コメント欄が『人型ヴァルト』の問い合わせですごいですよ。公式ＳＮＳをご覧になっていませんか？」

公式ＳＮＳは見ている。中の人であるパフィが毎日のように王子とヴァルトの写真をアップしてくれるから、チェックを欠かせない。しかしいつも、公式の呟きと写真だけを拝ませてもらって、コメント欄は見ないようにしていた。それは歩途のマイルールでもある。

　けれどそんなことを言われては、確認しないわけにはいかない。

　スマホを出して見てみると。

『人型ヴァルト、本当にヴァルトみたい！』『彼は公式なの？』『どこに行けば会えるの？』『お顔を見せてくれないの？』『ブロマイドやグッズは発売しないの？』……ずらずらと出てきたコメントに、歩途は戸惑った。

「え？　え？　どういうことですか、これ」

「処女航海の乗客が、私と『人型ヴァルト』の戯れが楽しかったとコメント欄に写真をアップしていたのだ。燕尾服に唐草模様の蝶ネクタイを締めた、首から下の姿と、後ろ姿の全身像の二枚のみ。それで今、おまえは『幻の人型ヴァルト』として有名になっている」

「ええっ⁉」

「歩途が再び『人型ヴァルト』として船上カフェに登場すれば、その人気は確かなものになるだろう。リヒトの耳にも必ず届く」

「おお！　アルト様、ご決断くださったのですか？　飲食部門長が大喜びするでしょうね」

「アン！」

ヴァルトが元気よく鳴き、トトトッとやってきた。そして歩途ではなく、王子にじゃれかかる。

「どうした？」

と言いつつ、王子はヴァルトをわしゃわしゃと撫でまわし、笑顔全開になる。そして抱き上げて頬ずりした。

（っ！　生いちゃいちゃ～！）

なんて尊いのだろう。

以前の歩途なら、迷わず手を合わせているところだ。しかしヴァルトが王子にじゃれつくのは、王子が忙しかったり疲れていたりする時だと歩途はもう知っている。

やはり家族に反対されているというこの状況は、彼に負担をかけているのかもしれない。

（僕も、がんばらないと……！）

闘志を燃やす歩途の横で、すかさずスマホのカメラを構えたパフィがバシバシ写真を撮っていた。

公式ＳＮＳでこの瞬間の王子とヴァルトを拝めるのが楽しみなような、なんだか……悔しいような、少し複雑な気分を味わった。

＊３＊

抜けるような青空と、陽光を反射して光り輝く海面。そして気品漂う豪華客船クイーンバルティア号。

その船首の甲板に立つジークフリード王子に注目が集まる。

船長服に身を包んだ王子は今、腰の高さの台の傍らに立っていた。そして台の上には、黒柴犬がキリッとお座り。

「紳士淑女の皆様、本日はお越しくださり、ありがとうございます」

そう述べる口調は、どこか茶目っ気がある。まるでこれから手品を披露しようとでもいうように。

（どんな表情されてるんだろ～）

見てみたい。けれど見られない。なぜなら歩途は今――。

「いつもは留守番の我が愛犬、ヴァルト。本日は特別に……」

バサッ。スタッフによって、ヴァルトごと台が布で覆われた。

（今だ！）

歩途は台の内側から飛び出し、ヴァルトを抱いて台の横、つまり王子の隣に立つ。

燕尾服姿で、蝶ネクタイは唐草模様。それはヴァルトのスカーフとお揃いだ。

王子と視線を交わして頷くと、スタッフがバササッと布を下ろした。

「特別に、人の姿で手伝いに来てくれました」

わあぁっ。

歓声と拍手が上がる。

久しぶりに人前に出たせいで緊張するが、まずは客たちが喜んでくれていることに安堵した。

あれから手伝い方を何度も話し合った末、このパフォーマンスが練り上げられたのだ。

毎回これを披露して、客たちを喜ばせること。それが歩途に課せられた使命となった。

「アンッ」

ヴァルトが歩途の腕の中で元気に鳴くと、どこからともなく「ふたり！」「化身なのに二体いる！」と笑いながらツッコミが入った。それに対して王子は、

「どちらの姿も愛らしいでしょう？」

と、きわどい科白でさらりと流す。客たちもなぜかそれで納得してしまった。

「こちらの人型ヴァルト、こう見えて美味しい珈琲でおもてなしできます。どうぞお声がけください。ただし人語は話せないので、イエスは『わん』です。どうかご容赦ください」

「わん」

歩途が一声鳴いてみせると、客たちは拍手喝采。あちこちから「ブレンドを」「こちらにエスプレッソを」と声がかかり、歩途はたちまち大忙しとなった。

王子はこれから、ここにいる客たち――アメリカからの来賓をもてなすという仕事をする。非公式ながら、親睦を深める意味で重要らしく、王子は連日のようにここで外国からの来賓をもてなしている。

王国の広告塔だからという意味ではなく、彼には人々を惹きつける力がある。

おとぎ話の王子様のように完璧に整った容姿や華やかなオーラだけでなく、彼を知ると「ジークフリード王子が生まれ育った国に行ってみたい」と思わせる何かがあるのだ。それは外交にも発揮されるらしく、クイーンバルティア号はその重要拠点となっていた。

実は歩途は、働きたいと答えた時点では、そこまで重要なもてなしがここで行われていることを知らなかった。

処女航海の客たちのように、セレブリティな一般の人々が気軽にカフェを利用するだけだと思っていたので、真相を聞かされた時には尻込みをしそうになってしまった。

けれどその考え方は、人を肩書で区別しているようなものだ。そのことに気づいた歩途は、自分を恥じた。

そして誰が相手でも、持てる力すべてで接客しようと心に決めた。

精一杯、心を籠めて。王子の仕事の邪魔にならないように……彼を支えられるように。

歩途は次々に入る注文に「わん」と答え、エスプレッソマシンに向き合った。

珈琲はすごい。瓶の蓋を開け、立ち昇ってくる豆の香りを嗅いだ瞬間、心の中のもやもやや周囲のざわめきが遠くなる。心が鎮まり、ただ目の前の一杯を注ぐためだけに自分が存在するような感覚になる。

豆を挽き、粉をエスプレッソマシンに詰め、抽出する。ただそれだけなのに、豆の挽き加減や粉を詰める力加減、抽出の温度や時間など、あらゆる匙加減で味は変わる。

（それに、潮の香り）

ここは海の上。バルティア王国を囲むのはとても綺麗な海なので、ほのかな潮風というくらいだが、それでも珈琲の香りや味わいに影響が出る。

歩途はそのあたりのことも計算して、ブレンドや抽出を行った。

「わん」

できました、とカップを置くと、客からは笑顔をもらえる。

バリスタとしてはまだまだ未熟で、これはパフォーマンス込みの評価だと分かっていても、笑ってもらえるのはとても嬉しい。できれば飲んでくれる表情まで見たいけれど、次のカップが待っている。歩途はくるくると忙しく働いた。

その間、ヴァルトは歩途の後をついて回ってくるくる走る。そのせいでまた笑顔や拍手をもらえて、歩途も自然と笑っていた。

（ヴァルト先輩はすごいなぁ）

いつだって人を笑顔にしてくれる。

（僕もいつかヴァルト先輩みたいになりたいな）

王子はテーブルをひとつひとつ回り、来賓ひとりずつに挨拶(あいさつ)をしているようだった。忙しすぎて視線を交わす隙(すき)もない。

そんなふうにして初日は終わり、これでよかったのかな……と不安になる歩途に、王子は満面の笑みで。

「最高の珈琲とパフォーマンスをありがとう、マイスイートリトルドッグ」

ぎゅっと抱き締めて頬(ほお)ずりしてくれる王子を抱き締め返して、もっとがんばらなければと歩途は思った。

＊　＊　＊

船上カフェでのもてなしは午後に行われるため、歩途のマナーレッスンは主に午前中にカリキュラムを組まれることになった。

それが覚悟していたより緩やかなものだったので、

「ジーク、僕もっとがんばれますよ?」

三週間しかないのだから……と不安になった歩途は、王子に訴えてみたが。

「詰め込むよりも、ひとつずつ確実にものにしてほしい。そのためには予習復習も大切になってくる。余裕たっぷりに見えるかもしれないが、体験してみると大変だぞ?」

その言葉は本当だった。

姿勢ひとつを取っても、頭で理解するのと実践できるのとは別の話だ。

立ち姿、イスへの腰掛け方、立ち上がり方、歩き方……普段何気なくしている動作だというのに、美しく見えるように振る舞うのはとても大変だった。

(ジークがそこに存在するだけで神々しく見えるのって、容姿とかオーラだけじゃないんだ……)

常に完璧な姿勢やしぐさが身についている。それが気品というものに繋(つな)がるのだと、歩途は感動した。それと同時に、自分が身につけることがどれほど大変か実感して、三週間って短い……! と改めて慄(おのの)いた。

しかもマナーレッスンでは姿勢やテーブルマナーなどの動作だけでなく、それよりむしろ、パーティでの王子との同伴の仕方や、来賓との歓談の仕方、話題の選び方、王子の話題になった時の受け答えの仕方など、人と接する時のマナーを徹底的に叩(たた)き込まれる。

どんなに考えても三週間は短い。しかしへこたれるわけにはいかない。

王子の役に立つ人間になれるように、努力しなければ。

「ヴァルト先輩～。難しいよー」

休憩のたびに黒柴犬に抱き着いてもふもふできなければ、疲労困憊だっただろう。

唐草模様のスカーフを首に巻いた、まろまゆの愛らしいヴァルトに、どれだけ助けられているか。

今日も歩途は朝一のレッスンを終え、じっくりと復習した後で、いったん私室に戻ってヴァルトに癒やされていた。

歩途の姿を見ると、くるんと丸まったしっぽをぶんぶん振ってくれるのが可愛い。

「アンアンッ」

おもちゃ箱からボールを持ってきたヴァルトが、投げるようにねだる。

そーれ、と放ると、短い足でダッシュして、ボールを咥えて帰ってきた。何度もそれを繰り返す。

このままずっと遊んでいたい……けれど、次のレッスンはバルティア王国の歴史について、本棟の図書館で教わる予定になっている。

王子様おたく歴六年なので、おおよその歴史は頭に入っているが、もっと詳しく教われることは歩途にとって楽しみでもあった。

「先輩、僕そろそろ次のレッスンに行きますね」

早く行って、予習をしておきたい。

そう思って立ち上がると、ヴァルトは遊び足りないとばかりにじゃれついてきて、歩途より先にドアに向かった。

大きな扉の横に、ヴァルト専用のドアがついているのだ。

トトトッと駆けていき、するんと姿を消してしまった。

歩途も後を追う。廊下に出ると、ヴァルトは立ち止まって待っていた。歩途を認めると、先へ進む。扉の前の衛兵たちも和んでいるのが分かった。

この広い宮殿内を、ヴァルトはどこにでも自由に行き来できると聞いている。迷子になったことは一度もないらしい。夕方にはきちんと王子の私室に戻っているので、ヴァルトだけで出歩いていても心配することはないという。

先日、王子に宮殿内を案内してもらった時も、ヴァルトは自由だった。

（憧れるなぁ……）

もふもふのおしりを眺めて、歩途は思った。

ヴァルトは迷うことなく王子の居住棟を抜け、本棟へと移動する。

「ヴァルト先輩、僕は図書館に行きますよ」

声をかけると、くるりと振り返った。しっぽをふりふり。黒い瞳が輝いていて、そんなことより遊ぼうよ、と誘われているように感じた。

「んんっ……！」

非常に可愛い。ほだされそうになってしまう。しかしレッスンを放り出すわけにはいかない。歩途自身も受けたいものなのだから。

誘惑に打ち勝つべく、歩途は歩きだした。渡り廊下の方へ進むと、「アン！」と元気よく鳴いたヴァルトが追い越して先に行く。

「アンアン！　アンッ」

飛び跳ねるように軽やかに、歩途がついてきているか確認しながら進むヴァルトの可愛さよ。

しばらく進むと渡り廊下に出た。先日王太子と遭遇した、あの中庭を囲む回廊だ。

ここを抜けて二番目の階段を上がり、廊下を進むと図書館に着く。

ヴァルトはどこまで一緒に行くつもりだろう。レッスンはさすがに受けられないから……と考えていたら、「あー！」と子どもの声がした。

びっくりして振り返る。庭の中から、まるで光のようなキラキラとした存在が――小さな天使が飛び出してきた。

「ばるちょ～！」

両手を広げて駆けてくる。少しウェーブのかかった金色の髪に、青い瞳。ぷくぷくのほっぺにさくらんぼのような唇。長袖（ながそで）のシャツにサスペンダー付きの半ズボン、黒く艶（つや）めくエナメル靴を履いている。

彼自身が光を放っているかのようにキラキラしていて、まるで宗教画から抜け出してきた本物の天使みたいだが、歩途は彼の正体を知っていた。

(つ、グランツ王子⁉)

王太子の息子で三歳の、正真正銘の王子様だ。

(かっ、可愛い～～～！)

「クゥ～ン」

まっふー！

ヴァルトに抱き着いたグランツは、スライディングせんばかりの勢いでその場に転がり、もふもふもふもふと全身で黒柴犬を堪能している。

歩途は驚愕のあまり動けなかった。

どうしてグランツ王子がここに？　たったひとりで？　と思ったが、庭の奥の方にお世話係らしき男性を見つけた。

彼は小さく頷く。歩途がここにいることを許すという意味だろうか。

困惑していると、

「ふおぉ……⁉」

と愛らしい声が上がった。

ヴァルトを抱き締めたグランツが、なぜか目を真ん丸にして歩途を見つめている。青い瞳が宝石みたいで美しい。

「ばるちょが、にんげんに、なった……！」

零れ落ちそうなくらい目を見開いたまま、すっくと立ち上がったグランツは、歩途を見上げてあんぐりと口を開けた。そして黒柴犬と歩途を交互に見て、「ばるちょ……ばるちょ……」と繰り返す。

どうやら似ていると思われたらしい。しかもこんなに驚くくらい。

「あ、あの、グランツ殿下…」

「しゃべった！」

ひょわ～と飛び上がられて、歩途は口を噤む。

しかしグランツはますます目を丸くして、「しゃべった！　しゃべった！」とジャンプするや否や、抱きかかえたヴァルトごと歩途に飛びついてきた。

「ばるちょ！」

「わっ」

慌てて抱き留める。

見下ろすのは失礼かとその場に膝をつくと、ぎゅーっと抱き着いてこられた。ふわんとミルクのような甘い香りが鼻腔をくすぐる。

「ばるちょ、しゅごい。にんげんに、なれるのだな！」

穢れのない瞳に見つめられ、歩途は戸惑う。ヴァルトの人間バージョンではないと言うべきか。というか、そんなに似ているだろうか。

船では『人型ヴァルト』として接客しているが、それは衣装に助けられている部分も大いにあると思っていた。黒の燕尾服に唐草模様の緑色の蝶ネクタイ。それらがないのに、グランツには歩途がヴァルトに見えるのが不思議だ。

「……恐れながら、グランツ殿下。僕は……」

自己紹介しかけたが、ハタと気づく。

自分は彼の父親である王太子にも名乗ることを拒まれた身だ。王子との仲をまだ認めてもらえていないのに、先に家族に名乗っていいとは思えなかった。

どうしよう……と迷った末に、口を閉じた。

このまま彼の前から下がるべきだ。そう思ったのに。

「どーちた、ばるちょ？　にんげんに、なって、わたちを、わしゅれたか？」

（シンン……ッ！）

可愛すぎて身悶える。

「ぐらんちゅ、だじょ。きみの、ともだ」

どうやらグランツとヴァルトは仲良しらしい。

グランツに抱き締められているヴァルトは、おとなしくされるがままになっている。

「ばるちょ。きみも、かれくんぼ、しよう！」

（かれくんぼ……？　……あ！　かくれんぼか！）

これはなんと答えるべきだろう。

困惑して顔を上げると、いつの間にかお世話係の男性がすぐ近くに来ていた。

お仕着せのモーニング姿で、ピシリと背筋が伸びている。正しい姿勢を学んだばかりの歩途には、その完璧さがよく分かった。

「グランツ殿下のお誘いである。心してお受けください」

「……こ、光栄です。でも、すみません。僕はこれから大切な用がありまして」

そう答えると、スッと細めた目で値踏みするように見つめられた。

「グランツ殿下は、王位継承順位第二位であらせられる」

「あ、はい。存じ上げています」

「この尊き御方のお誘いを、お断りになると？」

そんなふうに言われると困ってしまう。

腕時計を見ると、次のレッスンまで三十分あまり。その間になんとか、かくれんぼを終えられるだろうか。

「……少しだけなら……二十分くらいならお相手できるのですが……」

「殿下が納得するまでお付き合いするのが、この城にいる者の役目ではありませんか？　──たとえ王族のお客人であっても」

その言葉で気づいた。もしかして彼は、歩途のことを知っているのだろうか。

（僕が失礼なことをしたら、ジークの顔に泥を塗っちゃうことになるんじゃ……⁉）

そう考えると怖い。なんとかこの場を丸く収める方法はないか、頭をフル回転させる。

「ばるちょ！　なぜ、ハリーばかりと、おはなちしゅるのだ？　きみの、ともわ、わたちなのに」

「……はい、グランツ殿下」

「アン！」

「むむ？　こっちの、ばるちょわ、おちゃべり、できないのか？」

「あ、はい。犬なので」

「なるほりょ」

うむ、と頷くグランツは、黒柴犬と人間の二体に分かれていることはまったく気にならないらしい。

それならば……と、歩途は思い立つ。

「グランツ殿下、時計はお分かりですか？」

腕時計を見せると、パッと瞳を輝かせた。

「ちっている。この、ながいぼうが、ちっくたっく、うごくのだ」

むふん、と自慢げに教えてくれる。

「ですです。チックタック動いて、こっちの棒もゆっくり動いていくのです。それで、この棒が10のところに来たら……人間の僕は、ドロンと消えます」

「ふぉっ⁉　ばるちょわ、にんじゃなのか⁉」

「……ええと、忍者ではないですが、忍者みたいなことになります」

「うむぅ？　よく、わからにゃい」

作戦失敗か……と思いきや。

「だが、じゅうのところまでわ、にんげん、なのだな？　ならば、いましゅぐ、かれくんぼをしぇねば！　ゆくじょ！」

小さな手にシャツを引っ張られ、歩途は庭に下りる。

ヴァルトが「アンアン！」と鳴いてグランツの腕から抜け出し、ぴゅーんと花壇の間に消えていった。花々が咲き乱れているので、小さな姿はすぐに見えなくなる。

「やや。ばるちょが、さきに、かれくるのだな。わかった。じゅう、かぞえるじょ。いーち、にー、しゃーん……」

数えかけたグランツは、歩途を見て。

「ばるちょ、かれくないのか？」

いつの間にかグランツが鬼で決まっていたらしい。

「あ、はい。隠れます」

歩途も慌てて花壇の間に入り、腰を屈(かが)めて前へ進む。小さな噴水を越え、回廊の脇(わき)の、背の高い花々が咲いている花壇の陰に隠れた。

「……はーち、きゅー、じゅっ！　わぁい、おにしゃんだじょ～」

グランツが駆けだすのが分かった。

その直後。

「アンッ！」

「みぃちゅけた～」

花の隙間から、そーっとのぞくと、グランツに向かって走っていくヴァルトがいた。どうやら自(みず)ら見つかりに行ったようだ。一瞬で終わってしまったかくれんぼだが、グランツは大喜び。ヴァルトに抱き着いて、もふもふしている。

（……僕も出ていった方がいいのかな？）

そう思って腰を上げかけると。

「あれれ～？　ばるちょが、いないじょ」

きょろきょろ見回すグランツ。その周りをヴァルトが跳ねる。

「にんげんの、ばるちょは、どこへいったのだ？　もう、とけーが、じゅーに、なったのか？」

（あ、もしかして消える時間だと思ってくださった⁉）

それなら助かる。一緒に遊びたいのはやまやまだが、大事なマナーレッスンが控えているのだから。

息を潜めてのぞいていると、お世話係がグランツに近づいていった。

「グランツ殿下、そろそろお茶の時間です。ヴァルトとともに、おやつ部屋へ行くのはいかがでしょう？」

「むむ、しょーか。きょうの、おやちゅは、なんだ？」

「小魚のそそり立つパイと、甘いハチミツを挟んだクッキーとうかがっております」

「しゅき！」

きゃう～と飛び上がり、グランツはバンザイした。

「ばるちょ、いくじょ」

「アン！」

駆けていくひとりと一匹を見送っていると、お世話係がこちらを向いて、小さく頷いた。

どうやら手助けをしてくれたらしい。歩途は立ち上がって礼をしようとしたが、身振りで制された。彼らの姿が見えなくなるまで、隠れていろということか。

歩途は再び腰を下ろし、身を潜める。

ヴァルトの鳴き声が聞こえなくなったらいいかな……と判断基準にしていると、しばらく時間がかかってしまった。

そろそろ行かなければ。回廊に上がろうとした、その時。少し離れたところからふたりのメイドが歩いてくるのが見えた。

庭から突然姿を現して驚かせるのはまずい。歩途の行動は、王子の評判に関わってしまうに違いない。

彼女たちが通り過ぎてからにしようと身を潜めると、

「え～、本当に？　ジークフリード殿下が？」

という女性の声が聞こえてきた。

「本当みたい。王太子殿下付の侍女が言ってたもの」

「でも『バルティアの滴』でしょう？　国の宝よ？　そんなに簡単になくなったりするもの？」

ドキッとした。彼女たちは何か噂話をしているらしい。

聞いてはいけないのでは……と耳を塞ぎかけたが、遅かった。

「だからこそ王太子殿下は懸念されてるんじゃない？　また失われることになったら、今度こそ隠しておけなくなるって」

「あの噂の真相が明らかになっちゃうってこと?」

失われる? 隠す? 噂の真相?

気になる単語が耳に飛び込んできて、歩途は息を詰めた。

メイドたちのおしゃべりは続いているが、歩途は両手で耳を塞いでその先を聞かなかった。こんなふうに盗み聞きしていいとは思えなかったから。

たっぷり時間を置いて、手を離す。そっと回廊をのぞくと、すでにメイドたちの姿はなかった。

(……今の、どういうことだろ?)

ふと、脳裏(のうり)にある言葉が蘇(よみがえ)ってきた。

『バルティアの滴は、大海原(おおうなばら)に滴(したた)り消える』——おそらく王太子からの重要なメッセージ。

きょろきょろとあたりを見回して、無人であることを確認してから、回廊に上がった。

大理石の廊下を進みながら、歩途は聞いてしまったばかりの噂話と、王太子からのメッセージのことを考えた。

そのふたつは何か関係があるのだろうか。

とても気になる。けれど今は、とにかく自分にできることをするしかない。

なんとなく感じる不安を振り払い、歩途は図書館へと急いだ。

＊　＊　＊

夜。ジークフリード王子居住棟の晩餐室で、ふたりと一匹の晩餐を終えた後に移動したのは、ソファがゆったりと配置された落ち着いた部屋。

毛足の長い絨毯や調度品もブラウンが基調になっていたり、年代物の蓄音機やマホガニーの飾り棚が置かれていたり、グランドピアノがあったり、どっしりとした風格が感じられる。

「ここは晩餐の後に寛ぐ珈琲ルームだ」

「珈琲ルーム！　素敵な名前ですね」

目を輝かせると、「バールではないぞ」と笑われた。

「簡単な酒も出せるが……珈琲でいいか？」

「もちろんです」

王子が従僕に指示を出すと、彼は下がっていきふたりきりになる。ヴァルトは先に私室へ戻っていったようだ。

「寛ぐためのお部屋が専用にあるって、すごいですね」

「昔は男女で分かれて、男性は葉巻部屋で、女性はティールームでおしゃべりに興じていたらしいが、昨今はこうして同じ部屋で過ごすことが多いな」

「どうして男女で分かれてたんですか?」

「男には男社会の、女性には婦人社会の話題があるからだ。社交界というのは、噂話で成り立っている」

「っ!」

噂。それは歩途が気になっていること。

昼間の件を訊いてみようか……と思ったが、どう切り出せばいいのか迷ってしまう。

そうしているうちに、珈琲が運ばれてきた。

トレーから王子が取り上げ、歩途に渡してくれる。どこの豆だろう……とぼんやり考えつつ、褐色の水面を見つめていると。

「どうした、歩途?」

「何がですか?」

「いつもなら珈琲を手にした瞬間に、どんな豆が使われているか夢中になって探るではないか」

指摘されて、少し恥ずかしくなった。いつもそんなにあからさまだろうか。

「何か気になることが?」

うまく言いだせなかった。

すると王子はテーブルに珈琲を置いて、蓄音機に歩み寄った。大きな黒い円盤をセットする。年代物のレコードだ。知識としては知っているが、実物を見るのは初めてだった。くるくる回りだすと、プツップツッ……ザザザ……と雑音を交えつつ、優雅な音楽が聴こえてきた。

この曲、知っている。けれどタイトルが思い出せない。ムードたっぷりの、美しいメロディ。クリアな音色ではないのに、とても聴き心地がいい。音に温かみがあるというか、どこか懐かしく華やかというか。宮殿の豪奢（ごうしゃ）な内装と相まって、まるでこれから舞踏会でも始まるかのような雰囲気を作り上げる。

「歩途、踊ろうか」

スッと手を差し伸べられて、歩途は慌てて珈琲を置く。

「えっと、すみません。僕、ワルツしか……」

イギリスの学校で習ったワルツだけなら踊れるけれど、この曲は三拍子ではない。

「パーティダンスのレッスンだ。必ず必要になる」

「そういえばマナーレッスンにダンスはなかったですよね」

「私の愛する恋人を、私以外の人間と踊らせるとでも？」

（ひゃー）

そっと手を取られて、指先にキス。

歩途が照れているうちに、スッと誘導されていつの間にかホールドを組んでいた。

基本姿勢はワルツと同じ。向かい合い、歩途の左半身が王子に軽く接する。

けれどそこからの動きは違っていた。ゆったりと……王子が足を進めた方向に、歩途の足も自然と出る。

「わ、わ、待ってください。僕、ステップ全然分からないです」

「大丈夫。身を任せて……私の息を感じてごらん」

耳元でささやかれ、ぞくぞくっとした。王子の声は甘すぎて困る。

「まずはブルースだ。スロー、スロー、クイック、クイック。スロー、スロー、クイック、クイック……その調子だ」

ゆったり、ゆったりと足を運ぶうちに、少しずつ感覚を摑めてきた。

船上でワルツを初めて踊った時にも思ったが、王子はとてもダンスがうまい。上手な人と踊ると、初心者だって体が軽くなったみたいに優雅にステップが踏めるものなのだと知った。

少し余裕が出てくると、ホールドを組んでいる王子の手の温かさや、肩甲骨の逞しさ、彼から香るフレグランスに包まれる感覚に酔いしれるようになってくる。

チラリと見上げると、彼も歩途を見下ろしていた。

視線を交わし、小さく笑う。

スロー、スロー、クイック、クイック。部屋の端まで行くと、グイと手を引かれて自然とターンしていた。

「わ、すごい」

「すごいのはおまえだ、歩途。こんなにも私と呼吸の合うダンサーは他にいない」

それはきっと褒め言葉。けれど歩途は、これまでにたくさんの女性たちがこの人と踊ってきたんだな……と、少し胸を焦がしてしまった。

当たり前なのに。王子様なのだから。

そう分かっているけれど、彼とこんなにも密着できるのが、これからは自分だけだったらいいのに……と思ってしまう。

しばらく踊り続けていると、

「話してごらん」

と王子がささやいた。

「え？」

「おまえの心に痞えていることだ。何か気になることがあるのだろう？」

息を呑む。踊り始めて、もう終わった話だと思っていたのに。

「重く考えることはない」

歩途は視線を彷徨わせる。言ってもいいのだろうか。

迷っているうちにもステップは続いていて、ゆるゆると踊りながら、王子は待ってくれている。そしてこの密着度が、歩途を安心させてくれる。

「……噂をするって、悪いことじゃないんですか？」

「なるほど。何か聞いたのだな？　耳を塞ぎたくなるような誹謗中傷か？」

「いえ！　ちょっと不思議な会話だったので、気になって……。でも僕、その……盗み聞きしてしまったから……」

懺悔すると、小さく笑われた。

「聞こえてしまったものは仕方がない。歩途のことだ、身を乗り出して盗み聞いたわけではないのだろう？」

「……それは、はい」

「気に病むことはない。もしもその内容が有益なものならば、むしろ自分の幸運を誇るべきだ。大事な情報は、ニュースになる前に噂として必ず流れてくる。それをいかに正確にキャッチできるか、また噂が聞こえてくる状況をどれだけ作れるかが、力量になるのだ。社交界の晩餐会やパーティなど、その最たるものだぞ」

そんなこと考えたことがなかった。

目を丸くする歩途に、王子は「そのままでいてほしいと願う私もいるが……」と呟く。

「知りえた情報の取捨選択は、個人の能力による。俗悪なものには反応しなければいいだけの話だ。そして歩途には、私という相談相手がいる。なんでも話してくれ」

スロー、スロー、クイック、クイック。足を動かしながら話していると、なんだか言ってもいいような気になってくるから不思議だ。

体が動いていると、深刻になれないのかもしれない。王子はそのことを分かった上で、ダンスのレッスンを始めてくれたのだろうか。

「……あの、……『バルティアの滴』が失われるって」

王子が小さく息を呑んだ。

『──バルティアの滴は、大海原に滴り消える』

「え？」

顔を上げると、真剣なまなざしがあった。

「この言葉のことではないのか？」

「あ、違います。ええと……メイドさんが話してて。僕は本棟の回廊の庭にいたんですが……さっきお話しした、グランツ殿下とのかくれんぼで」

昼間の一件は、王子が帰ってきてすぐに報告していた。いつも一日の出来事を話しているが、グランツとの遭遇は歩途だけの問題ではないから。王子は特に問題視せず、楽しそうに笑って聞いていたけれど。

「それで、彼女たちが『バルティアの滴』がまた失われるのを、王太子殿下が懸念されてるって……噂の真相が明らかになるって……話してたんです。その前後は聞いてないので、詳しくは分からないんですが……」

「確かにそんな話を聞くと、気になるな。おそらくそれは、王太子妃の指輪の噂と、今回の件でリヒトが口にした言葉が複雑に絡み合って新たな噂になっているのだろう。歩途、この言葉は分かるか？　『バルティアの滴は、大海原に滴り消える』」

「分かりません」

それは先日の廊下で王太子から言われた言葉と、ヴァルトによって届けられたメッセージと同じだが、意味がさっぱり分からない。

「これは我々が学ぶ帝王学の一節で、『相手を見誤ると、宝は永遠に失われる』という意味だ。はっきりとした忠告だな」

「っ！」

それでは王太子は、王子に忠告したということか。相手を――歩途を見誤っていると。兄からそんなことを言われて、王子は傷つかなかっただろうか。

真っ先にそのことが心配になった。けれど王太子にしてみると、歩途はたった二週間の恋の相手だ。そう忠告したくなる気持ちも分からなくはない。

「『バルティアの滴』は王家にとって、守り通さねばならないものだからな……リヒトの無礼を許してくれ」

「っ⁉　とんでもないです。王太子殿下のご心痛はもっともだと思います。僕が、『バルティアの滴』付きの指輪をどれだけ大切に思っているか……これから分かっていただくまでです」

「頼もしいな」

王子は微笑み、歩途の手を握る手に力を籠めた。

そしてステップを踏んでいた足を止め、歩途を抱き寄せて……秘密を打ち明けるみたいに、そっとささやく。

「メイドたちの話だが……実は、リヒトの――王太子妃の指輪が、行方不明だという噂がある」

衝撃的な内容に、歩途は息を呑んだ。

「……どういうことですか？」

「歩途も知っている通り、王子のみが持つ『バルティアの滴』は婚約指輪になり、妃に贈られる。しかしそれは個人所有ではなく、あくまで王国のもの。常に宝物庫に保管され、必要な時だけ取り出すことを許される。つまり……王太子妃の指輪は、今、宝物庫になければならない。ところが……消えたというのだ」

「……そんなこと、ありえるんですか？」

「宝物の番人が、その責で解雇されたという噂があるのだ。そして実際に、長年勤めていた者が昨年暇を出されている」

それはつまり、噂は本当だということだろうか。

王子の顔を見上げると、青い眸(ひとみ)がまっすぐ歩途を見つめていた。そこに迷いはなかった。噂など吹き飛ばしてしまうくらい。

「……ジークは、本当のことを知ってるんですか？」

「いや。しかしリヒトを信じている。――力になれることがあればいいと願っているのだが……」

「僕も何かできませんか⁉」

思わず身を乗り出して、訴えていた。

脳裏に、一緒に遊んだグランツの笑顔が蘇り、心からそう思った。

王太子妃の指輪は、彼にとって母親の形見だ。失われたなどという噂があっては、いつか彼を傷つけてしまうのではないかと心配になった。

「噂ということは、本当のことをみんなが知れば、変な噂なんてなくなるってことですよね？　王太子殿下に相談して……ええと、あ、ジークが指輪を見せていただいて、そのことを噂で流しちゃうのはどうでしょう？」

「噂で噂を消す作戦か。――そうだな。私ひとりだと難しいが、歩途が一緒なら可能かもしれない」

「ジークと僕が、メイドさんたちみたいにおしゃべりして歩くってことですか？」

「違う」

クッと小さく噴き出された。クックック……と続けて笑われ、何かおかしなことを言っただろうかと首をかしげる。

「それはあまりにも不自然だ。噂を意図的に流すとすれば、心得ている者に言い含めて、使用人たちの間で実（まこと）しやかにささやき交わされるようにする」

そういうものなのか。

「……じゃあ、僕は何もできることがないですね……」

「何を言う。もっとも重要な役目が歩途にはあるではないか」

「何をすればいいんですか？」

「歩途の指輪だ」

「僕の？」

「正確には、歩途の左手の薬指に嵌（は）める予定の、私の『バルティアの滴』付き指輪だな。あれをいったん宝物庫に戻す。そうすれば私たちが宝物庫に入って、王太子妃の指輪を確認できるということだ」

思わせぶりにその指を摘（つ）まれて、頬が熱くなる。

「……あ、あの指輪って、今はどこにあるんですか？」

「私個人の金庫に厳重に保管している。今はまだプロポーズ実行中ということで、宝物庫には戻していない」

プロポーズ実行中！

王子の言葉に、歩途は真っ赤になった。

「戻す前に受け取ってもらえると最高なのだが、今の状況では……。リヒトに私たちの仲を認めてもらってからにした方がいいだろう」

「……そっか。そうですよね」

保留にしてもらったのは自分なのに、少し寂しい気がした。なんて我が儘なのだろう。

自分勝手な感情を振り払い、歩途は深く頷く。

「分かりました。戻してください」

「そう潔く納得されると、少し複雑だが」

「え？」

「いや、いい。この天然ピュアホワイトも歩途のいいところだ」

「……全然ピュアじゃないです」

褒めてもらったのに申し訳ないけれど、誤解で評価されるのは少し怖いから。

王子の目を避けて俯くと、ちゅ、と額にキスされた。一瞬にして空気が濃密なものになる。

「そうだな。ピュアではない歩途も、私好みだ」

え、と顔を上げると、唇にキスが落ちてきた。

胸がきゅんとときめく。王子の青い眸に囚われて、見つめ合ううちにまた唇を塞がれた。

深いキスになる。王子の舌が歩途の口腔に潜り込んできて、誘いかけるようにくすぐってくる。舌と舌が触れ合って、ドキッとした。思わず王子に縋り付くと、力強く抱き締められた。

自らも舌を動かすと、絡まり合う。王子が求めてくれていることが分かる。そして歩途の気持ちも、きっと伝わっている。互いの呼吸が、乱れるのに重なり合っていく。くちづけは言葉のない会話だ。

舌を吸われて、じんと痺れた。

「歩途……」

ささやきはとても甘い声。

抱き締められて、もっと……もっと深いキスになる。

じゅぷ、くちゅっ…と、淫靡な水音が口腔でひっきりなしに上がった。それが歩途ひとりではなく、王子とともに奏でているものだと思うと……恥ずかしいのに嬉しくなる。

「……ジーク……」

呟いたら、また強く吸われる。

王子のキスはとても気持ちいい。夢中になっているうちに、足がガクガクとして力が抜けそうになってしまう。

「……も、立ってられな……」

涙目で訴えると、がぶりとかぶりつかれてますます深いキスになった。

もう本当に立っていられない。がくっと力が抜けると、そのタイミングで王子に抱き上げられた。

そして運ばれる。ソファの上に。

どさっと着地して、目を開けると王子に見下ろされていた。

完璧な『王子様』ではない、欲情の色香を孕んだ彼がそこにいた。

そのことに歩途は戸惑う。こんな煌々と明かりのついた場所で……しかも普段は客を招いているという寛ぎの部屋で、こんな淫らなことをしてしまっていいのだろうか。

いいわけがない。恥ずかしすぎて、王子の顔を見ていられない。

「あ、あの……部屋に戻りませんか？」

「それはベッドへのお誘いと捉えていいのか？」

「っ、……えっと、……はい」

視線を逸らして、小さく頷く。頬が熱い。

「そのように愛らしく恥じらわれて、待てるわけがないだろう」

「っ⁉」

首筋にキスを落とされた。そのまま唇が下がっていく。シャツの釦に手をかけられて、歩途は焦った。

「あ、あのっ、ここでは……」

「扉が開かないか不安か？　大丈夫だ。私が呼ばない限り、誰も入ってこない」

「でも、万が一っていうことが……」

「すぐに気にならなくなるくらい、夢中にさせてやる」

王子は艶っぽく微笑む。かっこよすぎて、カーッと全身が熱くなる。

これ以上、王子に夢中にさせられたら自分がどうなってしまうか分からない。

怖いのに……体が火照って期待を始めていた。王子との行為がどれほど自分を幸せにしてくれるか、歩途はもう知っているから。

シャツの釦をするすると外されて、裸の胸が露になった。王子の手が……温かく大きな手のひらが、揉むように歩途の胸を這う。

「……っ」

胸の突起を摘まれた。思わず王子の肩をぎゅっと掴むと、小さく笑われる。

そして胸に顔を埋められ、唇で啄まれる。

金色の髪が胸をくすぐり、同時に突起を舌で刺激されて、歩途は身悶えた。気持ちいい。そのことが恥ずかしい。すでに兆（きざ）している自覚があって、歩途は膝頭を擦り合わせた。

はぁ……と甘い吐息が漏れてしまう。まだ始まったばかりなのにいやらしいやつだと呆（あき）れられないだろうか。

心配で、いつの間にか閉じていた目をそっと開けると……青い眸と目が合った。王子は歩途の乳首を舐（ねぶ）りながら、視線だけを上げてくる。その眸に宿る男の色気に、息が止まりそうになった。

「あっ、ん……！」

恥ずかしい。それなのに、ぞくぞくして声が出てしまう。

カリッと歯を立てられて、走り抜けた快感に歩途は背を反らして震えた。

「愛らしい」

どこが。この言葉を言われるたびに、歩途は胸中で疑問に思う。

何もできない、色っぽくもない自分を、どうしてそんなふうに思ってくれるのだろう。

今は歩途を欲してくれているが……このままでは、そのうち飽きられてしまうのでは。

（っ！　そんなの嫌だ……！）

焦った歩途の口から飛び出したのは。

「……ぼ、僕にもさせてください」

言うと、王子が目を瞠った。

そしてしばし考え……するりと歩途の下肢を撫でた。膨らんで布を押し上げているそれを優しく摑まれ、歩途は息を呑む。

「一緒にするか？」

何を？

分からないけれど、一緒にできることがあるならしたい。

頷くと、突然スラックスを寛げられた。するりと下着ごと脱がされる。慌てて前を隠そうとしたら、王子は笑ってそれを……咥えた。

「ああっ⁉」

目を疑った。ありえない。けれど腰から下が快感にまみれて、言うことを聞いてくれない。

「まっ、待って……や、それやだ……！　お風呂……っ！」

まだ身を清めてもいないのに、そんな愛撫をされることが信じられない。

昂ぶりにかぶりつかれ、すぼめた唇でじゅぷじゅぷとストロークされる。この美しい王子の唇に、自分のものが含まれているなんて。今までにもされたことは何度もあるが、こんな明るい場所で、目の前でされたのは初めてで、羞恥のあまり卒倒しそうになった。

それなのに王子は容赦なく口淫を続ける。そして、チラリと視線を投げかけてきた。

「っ！」

恥ずかしい。全身が燃えるような羞恥心に襲われる。それなのに。

「本当に一緒にするんだな？」

こくこくこく。よく分からないけれど、激しく頷いた。その途端、大腿をぐいと抱え上げられて、ソファの上に転がってしまった。

王子がスラックスの前を寛げ、歩途の上に跨ってきた。

歩途の、顔の上に。

「――っ⁉」

信じられない。王子のものが目の前に。

まだ半分ほど勃ち上がっただけなのに、完全に勃起した歩途のものよりずっと大きい。

同性のものなのに、歩途はそれを神々しいもののように感じた。王子はこんなところまで端整なのか。美しくて、かっこよくて……。

「嫌でなければ舐めてくれ、マイスイートリトルドッグ」

あむ。

ためらいもなく口に含んだ。初めて経験する肉感に動揺したのは一瞬だった。

（おっ、王子様の……ジーク……ジークのだぁ……）

「っ」

王子が息を呑んだ。がっつきすぎただろうかと恥ずかしくなって口を離そうとしたが、歩途のものもまた王子に含まれて、しゃぶられた。

「あんんっ」

すごい。腰がとろけそうになる。

歩途は王子とセックスするまでこんな快感が存在することを知らなかった。そして知ってしまった今、同じ気持ちよさを王子にも味わってもらいたいと切に願う。

快感を与えられるのは自分だけ。これからもずっと、自分だけでありたい。だから、恥ずかしがっている場合ではない。

さっきより少し大きくなったものを両手で摑み、口に含む。あむあむと唇で愛撫して、舌を這わせる。

（すごいぃ……形がかっこいいぃ……！）

むくむくと成長していくその一瞬一瞬がすべてかっこいいのだ。男性器がこんなにかっこいいものだったなんて、歩途は知らなかった。

「気に入ってくれたようだな」

グッと口腔に押し込まれて、小さく噎（む）せた。王子は慌てて腰を引こうとする。けれど歩途は、待って、とそれを唇で追いかけた。

「すき」

ジークが好き。完璧な『王子様』を演じる覚悟を決めている、王子様のジークが好き。

そんな気持ちが溢れて言葉になる。

「……っ、危なかった」

何がだろう。口の中にじわりと先走りが滲んできて、歩途はそれを、んくんくと喉を鳴らして飲んだ。

もっと欲しい。もっと飲みたい。

変な味だなんて思わなかった。この独特の風味と味こそが王子のものだと思ったら、絶対に忘れたくないと思った。

「もういい」と言われても放したくない。けれどしつこくしゃぶりつくのははしたないに違いない。はふはふと息をつきながら、歩途は王子のものを解放した。王子も少し息が上がっていた。

（……また舐めさせてくれるかな？）

などと惜しんでいられたのはそこまでだった。

ソファの上で俯せにされ、後孔に指を挿入されたら、もういつも通りにぐずぐずにとろけさせられてしまった。

王子のセックスは熱い波みたいだ。いつだって呑み込まれ、翻弄されてしまう。

後孔をほぐされて、あの端整な屹立（きつりつ）を挿入されて……。

揺さぶられた。まるで荒波の海に放り出されたみたいに。

「あっ、あんっ、……あぁ……ジーク……！」

奔放に声を上げると、抽挿（ちゅうそう）がさらに激しくなる。

体中が火の玉になったみたいに熱くて、でも王子と一体感を得られるのが嬉しくて。

気持ちよすぎて怖くなるのに、まだまだ終わってほしくない。息苦しくてもう無理だと思うのに、もう少し……もう少しだけこの人を体の中で感じていたいと願ってしまう。

（……僕、もしかしてすごくいやらしいのかも……！）

凄絶（せいぜつ）な色香を放つ王子に揺さぶられながらそんなことを考えた歩途は、ひときわ深く突き上げられた拍子に絶頂に駆け上っていた。

体が作り替えられていく。王子とのセックスを愉（たの）しめるように。

そのことが嬉しくて、恥ずかしくて、でもやっぱり嬉しかった。

＊　４　＊

宝物庫に入るには、しかるべき理由と、手続きが必要となる。

ジークフリード王子の『バルティアの滴』付きの指輪を宝物庫に収めるという理由はすんなりと認められたが、歩途が一緒に入ることは許可が下りなかった。

冷静になって考えてみると、それは仕方がないことに思えた。歩途はこの宮殿で、まだ何者でもないのだ。立場としては、ただの客人。そんな人間が簡単に宝物庫に入れてもらえるわけがない。

王太子妃の指輪の確認は王子に任せることになり、その間、歩途は私室でヴァルトと一緒にじりじり待った。

そして戻ってきた王子に、飛びつくようにして結果を聞くと……。

「なかった」

王子は神妙な面持ちでかぶりを振る。

まさか、と思った。噂を打ち消すために確かめたのに、まさか肯定してしまうことになるとは。

「今度リヒトに会った時、それとなく尋ねられたらいいのだが……」

「……簡単には訊けないですよね」

「そうだな。この件はいったん保留にしよう。それよりも早急に手を打たなければならないことができた。私たちのことだ」

「僕たちの？」

いったいなんだろうと思ったら。

「このタイミングで指輪を宝物庫に戻したことで、私の気持ちが冷めたなどという噂が広まる可能性があると……侍従に進言されて初めて気づいた。そんな事態はありえなすぎて、そこに思い至らなかった私の失態だ。すまない、歩途」

なるほど……！　と、歩途も初めて気づいてびっくりした。

自分が噂の的になること自体が想定外だったから。

「すみません、僕も全然思いつきませんでした。……あ、ジークの気持ちが冷めないとか、あなたの想いの上に胡坐をかいてるとか、そんな意味じゃなくてっ」

「胡坐でも寝そべるのでもなんでもいいから、むしろどっしりと乗っていてくれ。おまえは私の想いを軽く見すぎているぞ」

不満そうに言われて、苦笑してしまう。王子は心が広すぎる。

「でもそんな噂、僕がこれからもジークの傍にいたら、すぐに間違いだったって分かってもらえますよね？」

「……これからもずっと私の傍にいてくれるのだな？」

「え？　はい」

何を当たり前のことを聞かれるのだろうと思った。

「……ナチュラルすぎて気づいていないようだが、それは私に対する愛の言葉だぞ、歩途」

「えっ⁉」

「まあいい。無自覚だからこそ信じられる。ありがとう、歩途。私は幸せ者だ」

何がどうなって幸せになってもらえたのかよく分からないが、王子が本当に嬉しそうに笑ってくれたので、歩途もほわほわと胸が温かくなった。

「確かに私たちの仲については、時間が解決してくれることも多いだろう。だがそれよりも手っ取り早く、妙な噂が流れる前に私たちの仲睦まじさを見せつけてやるのはどうだ？　そうすれば私の気持ちが冷めたなどと、馬鹿げた流言は広まるまい」

にやり、と頬を上げる王子に、歩途は慄いた。そんな悪だくみをするような表情もかっこよすぎる。

「見せつけるって……どうやってですか？」

腕を組んで宮殿内を歩いたり、まさか人目のあるところでキスしたりしないよね……と頬を赤らめていると。

「宮殿内バールを開くのはどうだ？」

思いがけない提案をされた。

「お店を開くってことですか？」

「金銭の授受はなしだ。廊下に珈琲スタンドを設置して、通りかかった使用人に珈琲を振る舞う。歩途が淹れて、私が給仕しよう。そして少し話をすれば、誰もが歩途の魅力に気づくだろう」

「それって、使用人の皆さんにちゃんとご挨拶できるってことですよね⁉　やりたいです！　ぜひやらせてください！　僕、ご挨拶もせずにお世話してもらってることが、ずっと気になってたんです」

身を乗り出して訴えると、抱き締められた。思わず抱き返す。厚い胸板に頬を押し付け、甘くスパイシーなフレグランスを胸いっぱいに吸い込んだ。

「おまえは本当に可愛いことしか言わないな。この愛らしい体の中にはいったいどんな美しい魂が入っているのだ？　実は本当に天使だろう」

王子の愛の言葉は、時に大げさすぎる。どう反応していいか分からない。

「まずは私の居住棟で開き、その後で本棟でも開くのがいいと思うが、どうだ？」

「素敵だと思います」

「マナーレッスンと船上カフェで忙しい身だ。負担ではないか？」

「それを言うならジークの方が大変じゃないですか。船上カフェ以外にもご公務とか会議とかあって、いろいろお忙しいのに」

「恋人と戯れる時間もないほど忙しくはないさ」

　そう言って、ウィンク。ひゃーと歩途は照れてしまった。

（王子様、かっこいい……！）

「ではさっそくだが、準備に取り掛かろう。エスプレッソマシンは船上カフェで使っているものと同じ機種でいいか？　それとも他も見てみるか？　今日中に何台か持ってこさせよう」

「え、買うってことですか⁉　そんな、もったいないです」

「これを機に歩途専用のエスプレッソマシンが導入されれば、これからはいつでも私のために淹れてもらえると思ったのだが？」

　んぐ、と喉を詰まらせてしまった。なんという魅力的な話だろう。けれどさすがに高価すぎる。エスプレッソマシンは家庭用の安価なものもあるが、大人数に振る舞うとなるとやはり業務用が必要だろう。気軽に買えるものではない。

「厨房のものをお借りするとか、レンタルとかで充分です」

「歩途専用のエスプレッソマシンを私が買ったという事実も、仲睦まじさの証明のひとつになる」

「……っ！」

なるほど。それは考えてもみなかった。

王子の言うことはもっともかもしれない。しかしやはり高価すぎる。

ただでさえ王子には、日常生活に必要なさまざまなものを買ってもらっているのだ。歩途専用のウォークインクローゼットには、衣服をはじめ、靴やバッグなどの小物やカフスボタンなどの装飾品が所狭しと並んでいる。引っ越しをためらっている歩途が着るものに困らないようにと、帰港した次の日には多くのものが揃っていた。

王子の厚意だと分かっているのでそれらはありがたく受け取ったが、エスプレッソマシンは話が違う。

返事に窮していると、王子は不思議そうに首をかしげた。

「プレゼントされるのが嫌なのか？」

「……高価すぎるので」

「これはまた愛らしいことを。私としては宝石のひとつやふたつねだってほしいくらいだが」

「とんでもないです！」

「歩途ならそう言うだろうと、贈りたいのを我慢している私の身にもなってくれ。本当はもっと買ってやりたいものがたくさんあるのだぞ。歩途があまり遠慮ばかりしていると、私は欲求不満になる」

もうすでに充分すぎるのに、王子はセーブしてくれているというのか。これ以上の贈り物なんて、歩途にはさっぱり思いつかない。

「エスプレッソマシンは買う。なぜならそれが必要で、少々値が張るのは適正価格だからだ。奥ゆかしいところも好ましいが、歩途も少しずつ慣れてくれ」

そうはっきり言われると、遠慮するのもかえって迷惑な気がしてきた。

「……じゃあ、その……ありがたく頂戴します。ありがとうございます」

王子の腕の中でぺこりと頭を下げると、じわじわと喜びの気持ちが湧き上がってきて驚いた。

本当は受け取りたかったのかもしれない。王子の気持ちも、それがエスプレッソマシンだということも、歩途には純粋に嬉しいものだから。

自分の気持ちなのに、行動してみるまで分からないのは不思議だと思う。

けれど心とはそういうものなのかもしれない。

「えっと……嬉しいです」

気持ちを伝えると、王子が笑った。とても幸せそうに。その表情を見て、歩途も胸がきゅんとした。

それからすぐに王子が侍従を呼び、数時間後には船上カフェと同じ機種のエスプレッソマシンが王宮に届いていた。

ピッカピカの新品を前に、歩途は大興奮した。

「こんな立派なマシンが、本当に僕専用……⁉」

「……そのように輝く瞳で見つめられるマシンに嫉妬しそうだ」

「え？」

「なんでもない。さっそく使ってみるか？」

「はい！　まずはマシンの癖を知りたいので、試しに何杯か淹れますが……調整が終わったら、最初の一杯はジークに飲んでほしいです」

「光栄だな。だが、これは二杯同時に淹れられるのだろう？　ともに分け合う方が私は嬉しいが？」

なんと甘美なお誘いだろう。

歩途は王子の気持ちを受け止めて、調整が終わると、エスプレッソを二杯同時に淹れた。微笑み交わして、それぞれのカップに砂糖を二杯。それから一緒に喉を潤した。

最高級の豆だけが醸し出せる芳醇な香りと、豊かなコク。酸味と苦みのバランスも絶妙で、口腔いっぱいに広がるフレーバーに酔いしれる。

王子が微笑みながら、チュッとチークキスをしてくれた。

その途端、口の中の甘味が強くなった。まるでハチミツでも舐めたみたいに。それは六年前のあの日を彷彿とさせて……。

「懐かしいな。バールスタンドのエスプレッソもなかなか美味いと思ったが、あれは歩途がいてくれたからだと今なら分かる」

　王子もあの出逢いを思い出してくれていたようだ。

「歩途の淹れる珈琲は最高だ。他の人間に味わわせてやるのは些か悔しいが……バリスタなのだから仕方がない。受け入れよう」

「ありがとうございます。まだまだ見習いですけど……」

「見習いだったのは以前の勤め先での話だろう？　船上カフェではすでに立派なバリスタではないか」

　言われてみれば、船上カフェでは自分が淹れたものを客に提供している。肩書としては確かにバリスタだ。

「……気づきませんでした」

「歩途らしい。これからは堂々と、バリスタだと名乗ってくれ」

「え、でも、それだと労働ビザが必要じゃないですか？　僕、バルティア王国で働くの違反なんじゃ……」

「問題ない。そのあたりはきちんと手を回してある。私とともにいる限り好きなだけ働けるし、望めば給与も弾むぞ」

「いらないです、いらないですっ。滅相もない！」

慌ててかぶりを振ると、王子に笑われた。

「そう言うと思った。船上カフェでのことは、あくまで婚約を目標とした奉仕活動としている。安心してくれ」

「それならよかったです。こんなによくしていただいて、これ以上お給料とか、本当にとんでもない話ですから」

「婚約という言葉の方に反応してくれ」

え、と顔を見上げると、苦笑されてしまった。

「宮殿内でのバールスタンドも、同じ扱いにしていいな？」

「はい。よろしくお願いします」

「盛大に見せつけてやろう」

にやりと口角を上げる王子に、歩途は小さく身震いをした。

＊　＊　＊

ジークフリード王子の居住棟の、一階中央。本棟への渡り廊下から続く大理石の通路の一角に、小さなバールスタンドが誕生した。

カウンターと作業台があるだけの簡素なものだが、チーク材で見た目も美しく、きちんと給水設備も整っていて本格的だ。燦然と輝くエスプレッソマシンが存在感を示している。

　こんなに素敵なバールスタンドが完成するとは思ってもみなかったので、歩途は驚いた。

　しかし通りかかった使用人たちの方が、驚きは大きかっただろう。

「珈琲いかがですか?」

と歩途が声をかけるだけでなく、

「私が給仕担当だ」

と、王子が腰にエプロンを巻いて微笑んでいるのだから。

白いワイシャツに黒のロングエプロンという出で立ちはシンプルだが、だからこそ王子の脚の長さが強調されていてとてもかっこいい。

さらにヴァルトが駆け回り、「アンアンッ」とじゃれるようにして使用人を足止めする。

初めは戸惑う彼らだが、

「桜庭歩途と申します。いつもありがとうございます」

と歩途が挨拶をして、王子が歩途手作りのメニュー表を渡すと笑顔になった。そこには色鉛筆でサンプルの絵が描かれている。

「可愛い……！　あの、カフェラテをお願いします」

「かしこまりました～」

心を籠めて、珈琲を淹れる。そしてミルクを注ぎながらカップを動かし、最後にスティックでパーツを整えたら、珈琲色ヴァルトのラテアートのできあがりだ。

「……ジ、ジーク、お願いします」

「承知した」

カウンターにカップを置くと、王子が歩途をまっすぐに見つめて微笑む。歩途は彼に微笑み返す。こうして必ず視線を交わして微笑み合うこと。そして「ジーク」と呼ぶこと、というのが王子の作戦だ。

自分たちがどれだけ仲睦まじいかを見てもらうために。

それは実際にしてみるととても恥ずかしくて……歩途は毎回、頬が赤くなるのを抑えなければならなかった。

侍従をはじめ、従僕もメイドも片っ端から捕まえて珈琲を振る舞う。もちろん珈琲が苦手な人用に、紅茶やホットミルクも用意している。

歩途が淹れたカップを、王子がトレーに載せて使用人に渡してくれる。彼らは恐れ慄きながらも、嬉しそうに受け取った。

「仕事に戻ったら、他の者にも知らせてやってくれ。あと一時間は開店している」

王子がそう宣伝したもので、バールスタンドは大賑わいとなった。

注文を聞く際のみの短い会話だが、たくさんの使用人たちと言葉を交わせたことがとても嬉しい。珈琲を淹れること自体も好きだが、歩途は人が好きだ。仲良くなれたらいいなと思う。

初日はそのようにして上々の出来で、その後の船上カフェでも楽しく珈琲を淹れられた。

王子の居住棟でのバールスタンドは三日間。

マナーレッスンと船上カフェの合間を縫って、次の日も、また次の日も同じ場所で開催したおかげで、顔見知りの使用人がたくさんできた。

そして四日目。今度は本棟に場所を移して開店だ。

夏の庭を囲む回廊の一角にバールスタンドを設置したが、通りかかる人に声をかけても逃げるように去ってしまう。

「どうしてでしょう……」

「私の居住棟では私が長だが、本棟は違うからかもしれないな」

「上司の人に叱られるってことですか？」

「その懸念があるのかもしれない。だがひとりでも先に飲んでいる者がいれば反応も違うだろう。――パフィ」

少し離れた場所に控えていた近衛のパフィを、王子は手招く。

「何か御用でしょうか？」

「重要な任務だ。本日最初の一杯は、おまえが飲め」

それは名案だ。歩途ははりきってメニュー表を手渡す。

しかしパフィは困ったように微苦笑した。

「お気持ちは嬉しいですが、近衛は勤務中の飲食を禁じられていますから」

そうだったのか。それは残念……と思ったが。

「私の歩途が淹れる最高の一杯だぞ。飲みたくないのか？」

「殿下は時折、私に試練を課してくださいますね……」

「五分間の休憩を与える」

「なんと悩ましい」

「特例で飲食も許すぞ」

「飲食禁止は、その後の体調不良を防ぐためでもあるとご存じのはずですが」

「城の中であることと、歩途と私が提供するものだということで、おまえは私の望み通りの判断を下すはずだ」

「殿下には敵いません」

いつも通り軽やかに交わされる会話の末に、

「カフェラテをお願いできますか？　甘めが希望です」

とパフィに頼まれた。

「喜んで！」

心を籠めてエスプレッソを抽出。砂糖を混ぜてからミルクを注ぐ。ヴァルトの顔を描いて、「どうぞ」と差し出した。

「おおぉ……！　これはなんと可愛らしいラテアートでしょう……！」

受け取ったパフィが、突然、舞台俳優のように大きな身振りでカップをのぞき込む。

びっくりする歩途をよそに、王子は「その調子だ」と頷いた。

「いただきます。んっ、美味しいですね……！」

思わず、といったふうに呟いた後、周囲を見回して彼はまた「おおぉ……」と声を張った。

「なんと香ばしい香り、口の中に広がる甘い誘惑……」

まるで科白を読み上げるみたいに言うパフィを、通りかかったメイドたちがチラチラと見る。

パフィはすかさず彼女たちに、

「一杯いかがですか？　ジークフリード殿下とアルト様から、日頃の働きに対する褒美です」

と声をかけた。

パフィは夕陽のように美しい赤髪を持つ、端整な容姿の近衛だ。彼女たちは、きゃーと小声で歓喜の悲鳴を上げて、目配せをし合う。

「……ですが私たちはジークフリード殿下付ではないので……僭越かと」

「叱られるのが心配なら、あなたたちの上司も連れてくるといい。私の愛するバリスタが最高の一杯を淹れて、私が給仕をしよう」

王子が言うと、今度こそ彼女たちは「きゃー」と声を上げて歓喜の表情になった。

「恐れながら、ジークフリード殿下。メイド長を呼んで参ってもよろしいでしょうか？」

「待っている」

王子が微笑むと、彼女たちはほとんど小走りになりながら回廊を抜けていった。

次に通りかかったのは、従僕だ。赤い襟章を付けているので、次兄のロイド殿下付。ロイドは空軍駐屯地で暮らしているが、不在の間も宮殿を維持するために多くの人が働いている。

従僕も初めは逡巡したが、近衛が先に飲んでいるのを見て安心したらしい。エスプレッソを頼んでくれた。

そうこうしているうちに先ほどのメイドたちが、上司と仲間を連れて戻ってきた。

バールスタンドは一気に華やぐ。全員がカフェラテを頼んでくれたので、少しずつヴァルトの表情を変えながら描いた。

　カウンターに置くと、王子が給仕をしてくれる。王子がトレーに載せたカップを順番に差し出すたびに、彼女たちは歓喜の声を上げる。

　最初にカップに口をつけたメイド長は、「ほぅ……」と深いため息をついた。

「まことに美味しいです。……まさかジークフリード殿下とそのお客様に、こんなご下賜をいただけるとは……。長年勤めて参りましたが、想像もしたことがございませんでした」

「歩途はただの客ではない。これからずっとこの宮殿に暮らすことになる。折を見てまた開催しよう」

「……楽しみにしております」

　メイド長と王子の間に、数瞬の間があった。

　どうしたんだろう、と歩途が不思議に思っていると、

「あーっ！」

　と、可愛らしい声が響いてきた。

　全員が同じ方向を見る。庭の草花の中から、小さな天使が飛び出してきた。

「ばるちょだ～！」

　グランツだった。今日も生命力の塊みたいにキラキラと光り輝きながら、一直線に駆け

てくる。

みんなの視線が、今度はグランツの駆けていく先――歩途に集中した。

思わず王子を見ると、楽しそうに頷かれる。

歩途はカウンターを出て、その場に片膝をつき、飛びついてきたグランツを抱き留めた。

「ばるちょ！　また、あえたな」

「こんにちは、グランツ殿下。お散歩ですか？」

「うむ。しゃんぽわ、たのちーじょ。ばるちょも、しゅきだろう？」

「はい。僕も、柴犬のヴァルトも散歩は大好きです」

そういえばヴァルトの姿がないな……と見回すと、庭で蝶を追いながらぴょんぴょん跳ねている姿が見えた。

そしてその近くには、先日と同じ、グランツの世話係の姿もある。

「ジークおじたま、こんちにわ」

「こんにちは、だぞ、グランツ。今日も元気そうだな」

「あい。ぐらんちゅは、げんきでしゅ」

（可愛い～～）

キリッと答えるグランツの愛らしさに、歩途は心の中で身悶えた。

「みんなで、なにを、しているのだ？」

「珈琲をごちそうしてました。いつもお世話になってるので、ありがとうございますの気持ちを籠めて」

「んん～？　よく、わからにゃい」

首をかしげたグランツに、メイドのひとりがカップの中身を見せてあげた。まだ口をつけていなかったらしく、歩途が描いたヴァルトの顔が、くっきりと残っている。

「ふおぉ……！　ばるちょだ！　しゅごい！　ぐらんちゅも、ほちい！」

キラッキラと目を輝かせたグランツにねだられ、どうしよう……と王子の顔を見る。

「小さい子に珈琲はあげられないので……ホットミルクはどうでしょう？　アレルギーがないか、ジークは知ってますか？」

「ないはずだが、念のために確認しておこう。ハリー」

王子がグランツの世話係を呼び寄せる。

「いかがなさいましたか？」

「グランツにホットミルクをあげたい。アレルギーはなかったな？」

「あ、チョコレートソースと、同じ作業台で淹れるので珈琲豆にもアレルギーがないか知りたいです」

「殿下に食物アレルギーはございません。ですが、おやつの時間にはまだ早すぎるという問題が」

「固いことを言うな。きみも一服していけ」

王子にポンと肩を叩（たた）かれては、断ることはできなかったらしい。

「それでは、私もグランツ殿下と同じものをお願いいたします」

「え、ホットミルクでいいんですか？　エスプレッソやカフェラテなんかも淹れられますよ？」

「お構いなく」

もしかして毒見的な理由だろうか。歩途がもし彼の立場なら、同じようにするかもしれない。

それ以上追及するのはやめておいて、ホットミルクに取り掛かった。

ミルクを二杯分計量し、電気コンロで温める。グランツの分は人肌程度の温かさに、世話係の分はもう少し熱めに。それぞれのカップに流し入れていると、グランツがそわそわと足元を行ったり来たりしてのぞきたそうにする。

「ジークおじたま。らっこ、ちてくだしゃい」

（ンンン……！）

可愛すぎて言葉にならない。

王子が抱き上げると、グランツは歩途の手元を食い入るように見つめる。

カップに注いだミルクを少し冷まし、表面に薄い膜が張ってきたところに、チョコレートソースで絵を描いた。もちろんヴァルトの顔だ。

「ふおおぉ……！　しゅごい……！」

描いている途中から「しゅごい、しゅごい」と大絶賛してくれて、歩途が最後にヴァルトの口を描くと、「うおおぉ～」と拍手してくれた。なんだか照れる。

「はい、できあがりです。グランツ殿下、……えっと、ハリーさん？　お待たせしました」

「給仕は私がしよう」

グランツを下ろし、王子がトレーにカップを載せる。そしてどうぞ、と手渡すと、カップを手にしたグランツの顔が、いきなりくしゃっと泣きそうになった。

（えっ。なんで……⁉）

「…………のめにゃい」

「あ、すみません。まだ熱すぎましたか？」

「んーん。あつくにゃい。……ばるちょ、かわいい」

（あっ！　……もしかして、絵を崩せないってこと……？）

そういえば歩途も子どものころ、くまの顔を模（かたど）ったパンがどうしても食べられなかったことがある。パンだと分かっていても、かじるとくまが痛いのではと思って。

グランツもそうだとしたら、悪いことをしてしまったかもしれない。

「あの……違う絵にしましょうか？　すぐに淹れ直しますよ？」

「や。これ、ぐらんちゅの。おとーしゃまに、みしぇるの」

「っ！」

王太子に。

思ってもみなかった答えに、歩途は慄いた。

この回廊の一角で王太子と対峙した日のことを思い出す。あれからマナーレッスンをがんばってはいるけれど、まだまだ王子の隣に並ぶには程遠い。

（間に合うかな……）

それにあの王太子妃の指輪のことも気にかかる。

不安になっていると、突然、王子に頬を撫でられた。

パッと顔を上げると、優しいまなざしと出会う。

「そんな顔をするな、歩途。おまえが悪いわけではない」

「ジーク……」

呟いてから、ハッとした。この場にはまだメイドたちや世話係がいて人目があるのに、一瞬、王子しか見えていなかった。

頬が熱くなる。慌てて王子の手から逃れると、なぜかメイドたちも照れていた。

妙な空気が流れる中、世話係が自分のカップをグランツにのぞかせた。

「グランツ殿下、私の分のホットミルクの出来はいかがですか？」

「う？　かわいいじょ」

「それでは、殿下は私の分をお召し上がりください。そして殿下の分は私がお預かりして、王太子殿下に見ていただきましょう。いかがですか？」

「ふおぉ……！　ハリーわ、てんしゃいだ」

再びグランツの目が輝いた。

「ジークフリード殿下、そのようにさせていただいてよろしいでしょうか？　トレーをお借りできるとありがたいのですが」

「もちろんだ。きみの機転に助かった。ありがとう、ハリー」

「もったいないお言葉です」

もしかして彼は、同じものを頼んだ時から、こうなることを予測していたのだろうか。

世話係ってすごい……と歩途は思った。

グランツは新たに手にしたカップには、ためらいもなく口をつけた。「ばるちょ、かわいい」と言いながら、小さな舌を伸ばしてチョコレートソースだけを舐めようとして、ハリーに「殿下、お行儀が悪いです」と注意されていたが、へっちゃらだった。

程よく冷めていたらしいホットミルクを、んっくんっくと喉を鳴らして飲み干し、ぷはーっと息をつく。口の周りにはミルクのヒゲができていた。

「おいちかったー。ばるちょ、だいしゅき！」

またしても、むぎゅーっと抱きつかれる。可愛すぎてどうしよう。

「僕も大好きです」

抱き締め返すと、コホン、と傍らで咳払い。見上げると王子が複雑そうな表情で、

「歩途、私のことは？」

「えっ」

「甥とはいえ、いつ恋敵になるか分からない。おまえの心を捉えているのは誰なのか、はっきりと聞かせてくれ」

こんな人目のある場所で何を言いだすのだろう、この人は。

もしかしてこれも見せつける作戦なのか？　けれど恥ずかしすぎる。

「……っ、あ、あとでっ。ふたりの時に……っ」

真っ赤になりながらなんとかそれだけ口にすると、メイドたちがきゃらきゃら笑って「お似合いですね」と声をかけてくれた。

もしかして作戦は成功したのだろうか。

よく分からないが、王子は満足そうに微笑んでいた。

＊　5　＊

朝は王子の腕の中で目覚め、午前中はマナーレッスンに励み、午後になると公務から戻った王子とともにクイーンバルティア号に向かったり、合間を見て宮殿内バールスタンドを開催したり。

そんなふうに過ごしていると、あっという間に日々が過ぎていく。

船上カフェでのパフォーマンスもずいぶん慣れてきた。

そんなある日のこと。

台の中に隠れている時から、何か空気がいつもと違うように感じていた。

その理由を知ったのは、ジャーンと飛び出して、珈琲(コーヒー)のオーダーを受けだした直後。

いつもなら次々と注文が入るのに、なぜか今日は誰も声を上げない……と不思議に思って人々の動向を窺(うかが)っていると、あるひとりの女性に注目が集まっていた。

プラチナブロンドの髪を結いあげた、赤いワンピース姿の美しい人。すらりとした立ち姿に目を引き寄せられる。

（あっ、あの人、テレビで観(み)たことある）

名前は確か……と思い出そうとしていたら、すぐ近くの客たちが「マリアンヌ・ロッシェがどうしてここに？」とささやき合っていた。

（そうだ、マリアンヌ・ロッシェ！）

百年にひとりと絶賛されるほどの美貌の持ち主で、フランス映画に多く出演している。

しかしヒット作には恵まれず、モデルとしての方が有名だ。

歩途は以前、ファッションショーのドキュメンタリー番組で彼女を観たことがあった。

マリアンヌは背筋をピンと伸ばしてイスに浅く腰掛け、周囲の視線をものともせずに、

じっとこちらを――歩途の隣に立つ王子だけを見つめていた。

そして王子も彼女に気づいていた。彼らの視線が絡んでいることが、歩途にも分かった。

胸の中に、もやっとしたものが生じる。それは今まで感じたことのない苦々しい感情で……。

（なにこれ？）

気持ち悪くて、胸をトンと叩く。

王子がハッとしたようにこちらを振り返った。

青い眸が不意に和らぐ。そして王子は、美しい笑みを浮かべた。

「エスプレッソを淹れてくれないか？」

「え？」

突然何を言いだすのか。まだオーダーも入っていないのに。

そう思ったが、王子は当たり前みたいに歩途をエスプレッソマシンの方へ促す。

「オーダー一番乗りは私だ」

そう言って、ウィンク。

きゃー、と客の中から歓喜の悲鳴が上がった。王子のウィンクをばっちり目撃した人たちらしい。

その気持ち分かります、と思いつつ、胸の中のもやもやのせいでいつもみたいにはしゃげなかった。

けれどエスプレッソマシンに向かって抽出を開始すると、心が鎮まる。

最高の一杯を、王子のために淹れたい。その気持ちだけでいっぱいになる。

集中して淹れ終えると、王子がカップを持ち上げて、客たちの方へ「乾杯」と掲げた。

そして美味(おい)しそうに飲み干してくれると、「俺も」「私も」と次々にオーダーが入り始めた。

歩途は「わん」とそれに答える。ヴァルトも足元で「アンッ」と元気よく吠(ほ)えると、客たちの相好(そうごう)が崩れた。

ようやくいつも通りの空気になって、歩途は忙しく働き始めた。王子も客の間に入り、挨拶(あいさつ)して回る。

珈琲の香りが船の上に漂うと、ここにいていいのだと歩途は思える。少しは王子の役に立てているのだと思えて嬉しい。

「ヴァルトの化身くーん、こっちにエスプレッソお願い」

「わん」

また新たな注文に、歩途がキリッと答える。……が、ふと、妙な気配を感じた。

違和感を追い払い、極上の一杯を淹れ終える。そして振り返ると、なぜか客たちが皆、同じ方向を見ていた。視線の先にはジークフリード王子。

「っ！」

彼は、女性に腕を絡められていた。

赤いワンピースとプラチナブロンドの髪ですぐに分かった。マリアンヌ・ロッシェだ。

どうして⁉　と、心底仰天した。

ここで行われているのは船上外交で、客たちは来賓。今までにも、明らかに王子ファンの人が必要以上に近づいていたことはあったけれど、王子はいつもの完璧な『王子様』笑顔で対応していた。腕を絡ませることなんてなかったのに……。

声にならない声がざわざわと満ち、人々は不快そうに眉をひそめる。

マリアンヌも王子のファンだったのか。初めはそう思った。けれどすぐに違うと気づく。何よりも目が違うのだ。ファンなら王子に会えて嬉しいという気持ちが滲み出ているはずなのに、彼女にはそれがまったくない。

だったらどうして王子にくっついたりするのか、意味が分からない。

とにかく彼らを引き離さなければ。

歩途は近衛の姿を探した。パフィが控えていたが、ただ眺めているだけだった。

動けないのだ。そう直感した。ならば――自分の出番では？

（えっと、僕が擬人化ヴァルトとして邪魔をして……どうやって⁉）

足元のヴァルトを見る。

（ヴァルト先輩、ジークの危機です。僕が先輩を追いかけていって邪魔をするので、先にジークのところに行ってくれませんか⁉）

心の中で訴える。……が、もちろん伝わるはずがなかった。

「〜〜んー、わんん〜」

片膝をついて犬語で語り掛けるが、「クゥン？」と嬉しそうに鼻を鳴らされてしまった。

駄目か。ヴァルトほどの天才犬なら、なんとか通じるのではないかと思ったのだが、さすがに無理だったようだ。

そうこうしているうちにも、彼女はしなだれかかるようにして王子の腕にさらに強く手を絡めていく。

胸がムカムカした。

（何か……何か方法は……!?）

ぐるりと周囲を見回す。カフェテーブル、珈琲カップ、花の生けられた花瓶、バルティア王国の手旗、眉をひそめる客たち……と視線を走らせていて、パッと戻った。

バルティア王国の手旗！

歩途はそれをガッと掴（つか）み、それからヴァルトを抱き上げた。

手旗をワーッと振り、高らかに――。

「わーわ～わん～、わん、わーわ～わん～」

バルティア王国の国歌を大声で歌い始めた。

一瞬にして注目が集まる。恥ずかしさなど瞬間的なものだった。ヴァルトの小さな前足に手旗を持たせるように一緒に握り、歌いながら行進。王子の方へ。

「わーわ～わん～、わん、わーわ～わん～」

「アオーン、アオーン」

するとヴァルトも歌に合わせるように遠吠（とおぼ）えを始めたので、ドッと笑いが起こった。

王子は少し目を瞠（みは）ったが、すぐに「バール～ティア～」と一緒に歌い始めてくれた。

するとどうだろう。さっきまで直立していた近衛やスタッフたちも、手近にある手旗を取り上げて「バール～ティア～、おお、バール～ティア～」と歌いだす。すぐにそれは大合唱となった。

歩途は勇気づけられて、ずんずん行進。王子のもとまで行くと、いまだに腕を絡ませている女性、マリアンヌに向かってワーと手旗を振ってみせ、はい、と差し出した。

彼女は反射的に受け取ってくれて、腕が離れた瞬間に――王子の腕には黒柴犬を投入。

その瞬間、ワーッと拍手喝采が起こった。

マリアンヌにはギリッと睨みつけられてしまったが、歩途はとにかくこの場の空気を壊さないように懸命に、「わーわ～わん～、わん、わーわ～わん～」と歌い続けて道化を演じる。

いつしか客たちも一緒に歌ってくれて、一時の不穏な空気は払拭されたのだった。

＊＊＊

「お手柄です、アルト様！」

おもてなし終了後、歩途はパフィをはじめとする近衛の人たちから大絶賛を受けた。

「あのような状況では近衛が動くと角が立ちますので、我々も歯がゆい思いをしていたのです。ですがアルト様がヴァルトとともに王子を巻き込んでくださったおかげで、パフォーマンスの一部であるかのような印象を与えることができました。本当にありがとうございます」

「ちょっと強引だった気がするんですが……大丈夫でしたか？」

「強引上等。印象付けた者勝ちです」

　拳を握るパフィに、

「近衛が立てる作戦も、いつもたいてい強引だからな」

と王子が苦笑した。その表情はいつも通りだけれど、歩途は気になって仕方がない。

「でも……珍しかったですね。ジークがあんなふうに……」

　くっつかれるの、と言いかけて、言葉にできなかった。胸のもやもやが舞い戻ってきて。

　しかし歩途が言いたいことは伝わったようで。

「すまない。彼女はスイスの寄宿学校時代の同級生なのだ。家庭の事情で卒業を目前にして退学をしたため、気にかかっていた」

「……そうだったんですか」

　知り合いだったと知って、納得したような……胸のもやもやが強くなったような。

「当時、私は偽名で在籍していた。そのせいで一部の者以外とは没交渉だ。そのことを、私は心のどこかで後ろめたく思っていたらしい。……彼女に小声で話があると言われ、思わず耳を傾けてしまった。反応が遅れたのはそういうことだ」

　真摯に話してくれた王子に、歩途は返す言葉が見つからなかった。

それは彼にとって、心の奥底に仕舞っていた想いではないだろうか。

「怒ったか？」

いったい何を怒るというのか。ぶんぶんとかぶりを振って、

「話してくれて、ありがとうございます」

となんとか笑顔を作れた。

「……嫉妬もしてくれないのか」

ドキッとする。胸の中のもやもやを言い当てられたみたいで。

けれど、この感情は歩途の勝手なものだ。王子はきちんと状況を話してくれたし、真剣に歩途と向き合ってくれた。これ以上、もやもやを抱えるのは彼に対して信頼していないと言うみたいなものだと思った。

「……いや、いい。それより歩途、犬語で国歌を歌うおまえも愛らしかった。明日からも見せてくれ」

「ええ⁉　そんな、僕が毎回あそこまででしゃばったら、お客様が気分を害されますよ」

慌てていると、パフィが「とんでもない！」と声を上げた。

「アルト様はますます大人気なのですよ。喜ばれると思います」

「そんなまさか、人気だなんておこがましい」

「何をおっしゃいます。ＳＮＳでもさらに話題騒然じゃないですか。まだご覧になってい

ませんか？　どうぞこちらを」

と言って、彼のスマートホンを見せてくれた。

王子の公式ＳＮＳに寄せられた、フォロワーからの投稿画像。なんとそこには……。

「なにこれ⁉」

ずらずらと並ぶ写真は、どれも『人型ヴァルト』とヴァルトのツーショットばかり。

そしてコメントには「キュート」「本当に化身みたい」などの言葉が連なっていて、しかも歩途の顔は一枚も写っていないので、余計に想像をかきたてられるようだ。

思わず王子を見上げると、

「だから隠しておきたかったのだ」

と憮然(ぶぜん)とした表情と出会った。

こんな顔は初めて見る。それなのに歩途は、いつもみたいに「レアだ！」と喜べなかった。それどころか不安になる。

（こんなことになっちゃったから、怒ってる……？）

簡単に怒りを表す人ではない。王子は少し意地悪なことを言ったりもするけれど、歩途が叱(しか)られたのは危険なことをしようとした時だけだった。

「どうした？　そんな不安そうな顔をして」

憮然とした表情から一転、心配そうにされて、歩途は戸惑う。

「いえ、あの……すみません。僕がでしゃばったりしたから……」

「なぜ謝る？　歩途は私たちの願いに、期待以上に応(こた)えてくれているだけではないか」

そう言ってもらえても、先ほどの表情が気にかかって不安でいると、横でパフィがくすくす笑った。

「殿下はのろけておいでなのですよ、アルト様」

意味が分からない。

「その顔はまったく分かっていらっしゃいませんね。つまり、殿下は――」

「解説するな」

「これは大変失礼いたしました。攻略のお手伝いが必要かと思ってしまったのですが、百戦錬磨の殿下には、私ごときの助太刀(すけだち)など無用でしたね」

「最近ますます生意気だな」

「心の広い殿下がお許しくださるもので」

「ダブルヴァルトに懐かれているからと、大きな顔をしていられるのも今のうちだぞ」

「殿下ガンバ」

テンポよく交わされる会話に圧倒されているうちに、なにやら話が終わったらしい。帰路に就いたが、歩途にはさっぱり分からず困惑してしまった。

しかし帰城して夕食を終え、ようやく私室に戻ったころに、歩途はあの会話が気になってきてしまった。

歩途の膝の上に寝そべるヴァルトをふたりで撫(な)でながら、まったりしている今なら聞けるかもしれない。勇気を出して口を開いた。

「あの……ジーク。パフィさんとの」

「私とふたりきりの時に、他の男の話はしないでくれ」

え、と固まってしまった。

何を言われたのか理解できなくて。いや、言葉の意味そのものは分かるのだが……解釈が難しい。

「ええと……?」

王子はふいと顔を背(そむ)け、「……まいった」と閉じた瞼(まぶた)を片手で覆う。

なんだか様子がおかしい。

声をかけられずにいると、王子がキリッと歩途に向き直った。いつも通り微笑(ほほえ)みを浮かべているが、どこか真剣な空気を感じた。

ごくり、と喉(のど)が鳴る。

「どうやら私は、自覚しているよりずっと嫉妬深かったらしい」

「……はい?」

「なるほど、通じていないな。ならば先ほどの失言は聞き流しておいてくれ。昼間の出来事の解説をしよう」

解説というと、パフィとの会話に出てきた単語だが……。ここで再び彼の名を口にするのは憚られた。

「歩途、ＳＮＳにおまえの写真がたくさんアップされているな。そのことについてどう思う？」

「……どうしよう、と思っています。まさかこんなことになるとは思ってもみなかったので」

「嫌か？」

「え、嫌というより、申し訳ないです。だってヴァルト先輩は公式でファンの方がすごく多いでしょう？　僕なんてそのパロディみたいなものなのに、公式に絡んでる状態じゃないですか？　そんな畏れ多いこと……！」

「……すまない。何を言っているのかよく分からない」

不可解そうな表情に、胸を摑まれる。レアだ。これは完璧にプライベートの表情だ。そのことが嬉しい。

「ええと、解説しますと…」

「いや、それについての解説はいい。私の話に戻していいか？『人型ヴァルト』を船上カフェに登場させれば、歩途の写真がＳＮＳに増えるだろうことは、想定済みだった」

「えっ、そうなんですか？」

「当たり前だろう。ただでさえ処女航海でおまえは大人気だったのだ。『幻』の存在に会えたら、誰でも興奮するだろう」

　大人気というのは誇張というか、本家ヴァルトあっての評価だと、歩途はちゃんと分かっている。

「だから写真のアップ自体は問題ない。歩途の顔が写っているものがいまだ一枚も確認されていないのは予想外だが、一般人ということを配慮してのことだと思う。それはとてもありがたい。ただ……」

「……ただ？」

　手を取られる。膝の上のヴァルトが、撫でるの終わり？　とばかりに、くぅんと伸びをした。

「隠しておきたかった。おまえを。私だけのもとに」

　まっすぐに見つめられる。青い眸に吸い込まれそうになる。

　息もできないくらい、そのまなざしに捉（とら）えられて……歩途は、喘（あえ）ぐように口を開いた。

　そこに、王子の唇が重ねられる。

「……ん……」

　降ってきた熱に、頰（ほお）が熱くなった。膝の上にヴァルトがいるのに。見られたら恥ずかしい。けれどくちづけを自分からやめることなんてできない。

潜り込んできた舌に、縮こまっていた舌を搦め捕られる。

ちゅ、ちゅ、と吸い上げられて、歩途は震えた。甘い。王子のキスはいつだって、とろけそうになる。

「……ずっと隠しておくことなどできないと分かっている。私はおまえを公式に迎え入れたいのだから……私の隣に立ってもらいたいのだから……そのためにカリキュラムを組んで学んでもらって……」

キスの合間に王子がしゃべるが、ドキドキしすぎてあまり耳に入らない。膝の上のぬくもりも、だんだんと気にならなくなってくる。

歩途にとって、この人がすべてだから。

キラキラと降り注ぐ光のような金色の髪に、そっ…と指を伸ばす。絹糸みたいな髪に触れられる幸福に酔いしれる。

（……キスってすごい……）

ずっとずっと見つめ続けたこの人に触れられるのだから。

立場とか悩みとかすべて吹き飛んで、ただこの人だけが世界になる。

「……ん、ジーク……すき」

「歩途！」

押し殺した声で呼ばれた瞬間、抱き締められた。

後頭部を大きな手に掴まれて、くちづけが深くなる。深く……もっと深く舌を差し込んで、絡め合って、歩途も愛しい人に抱き着く。

顔を傾ける角度を何度も入れ替えて、もっと、もっと……と、欲深くキスをするうちに、どんどんと体が熱くなってくる。そのことが恥ずかしくて、膝を擦り合わせて……ハッとした。いつの間にかそこにぬくもりがなくなっていた。

ヴァルトはどこに行ったのだろう。犬用の小さなドアから出ていったのだろうか。

そんなことを考えていたら、突然、頤を掴まれて上向かされた。

間近から青い眸に射貫かれる。そこには欲情の色が滲んでいた。

「歩途、私のことだけを考えていてくれ」

心臓を鷲掴みにされた。

王子はずるい。いつだって一言で歩途を虜にしてしまう。

ベッドに誘われ、おずおずと歩いた。強引に運んでくれていいのに、と思ってしまった自分が恥ずかしい。

けれどベッドに着いた瞬間、息つく暇もなく押し倒されて、熱烈なキスを受けて、今度はちょっと待って……と息も絶え絶えになる。

キスをしながら衣服を手早く脱がされる。いつもよりどこか荒っぽい。それでも優しい

けれど、なんの言葉もなくただキスを続けながら丸裸にされるのは初めてで、妙にドキドキした。

王子は自分の衣服も、もっと荒っぽくすべて脱ぎ捨て、生まれたままの姿で伸し掛かってくる。

均整の取れた瑞々しい肌が歩途の体を覆った。

肌と肌が触れ合うのは、恥ずかしいけれど嬉しい。もうこの人しか見えなくて、歩途は遠慮なく手を伸ばした。

王子はいつになく性急にことを進める。体中を愛撫され、恥ずかしい声を上げてしまう。

セックスはいつまで経っても恥ずかしい。けれど抱いてもらえることは嬉しい。そしてベッドの中では品行方正な『王子様』でなくなることを、今は自分だけが知っている。そのことが何よりも歩途を幸せにする。

めろめろにされて、もう何も考えられなくなる……けれど。

「歩途——私だけを見ていてくれ」

王子以外の誰を見るというのか。意味が分からない。

性急に挿入されて揺さぶられながら、歩途は思った。

なんだか今日の王子はやっぱりおかしい。まるで余裕がないみたいな……などと考えたら、バチッと目が合った。

凄絶な色香を放っていた。

（……レア!!）

心の中で叫んだ自分にびっくりした。

いくらセックス中の王子が本当に本当に限られた人間にしか見られない表情だとしても、めろめろにされているこんな最中に、おたく用語が思い浮かんだことに驚くしかない。

それでも歩途は、まるで今初めて気づいたみたいに、王子の色香全開の欲情の表情に胸をときめかせてしまったのだ。

上気した頬も、汗を滲ませた額も、欲情に濡れた眸も、かっこいい。

思わず頬に手を伸ばし、じわじわと湧いてくる幸福感に酔いしれて呟いた。

「……僕だけのジーク」

誰にも見せたくない。

もう誰にも渡したくない。

「おまえはっ」

「っ⁉」

埋められているものが、なぜかぶわっと膨らんだ気がして、歩途は仰け反った。

「あっ、あっ、ああんっ……まっ、て、……んんっ、ジーク……ッ」

めちゃくちゃに揺さぶられて、じゅぷじゅぷと結合部分で水音が上がる。

気持ちよすぎて怖くなって、逃げようとした体を抱え込まれ、がむしゃらみたいに腰をぶつけられた。

「あーっ、……あっ、あ…っ……」

たぶん達した。自分でも分からないくらいの強い快感が続いている。瞼の裏で光が明滅する。息つく隙(すき)もなく揺さぶられ続け、気づけば歩途は「気持ちいい」と譫言(うわごと)のように繰り返していた。

「いっ、いいっ、きもちいっ……きもちいぃ……いっ、きもちいい……っ！」

「歩途、歩途……」

王子のささやきが耳に注ぎ込まれる。名前を呼ばれることさえ気持ちよくて、歩途はいつの間にか意識を手放していた。

＊　＊　＊

それから数日後のことだった。

夕食後の珈琲ルームで王子とパーティダンスの練習をしていると、侍従がやってきた。

この部屋に入ったら、王子が呼ばない限り誰も来ないと聞いていたのに……と、先日ここでしてしまったことを思い出して頰を赤らめていると、

「お寛ぎのところ、大変失礼いたします。至急、お耳に入れた方がいいと判断いたしました」

侍従はかしこまってそう言い、王子に何事かをそっと耳打ちする。

王子は苦々しい表情になった。

「……やはりそうだったか。現物は？」

「こちらに」

侍従が手渡したのは、表紙に色っぽい格好をした女性の写真が載っている雑誌。ひゃあ、と歩途は心の中で呟いて目を逸らす。

「こちらのページです」

「……これはひどい加工だな」

「まだ市場には出回っておりませんが、明朝には店頭に並んでしまうかと。止めることはできませんでした。申し訳ございません」

「いや、それはいい。発売を差し止める方がかえって信憑性を増してしまうこともある。これは数あるゴシップのうちのひとつとして、毅然と対応してくれ」

「かしこまりました」

侍従が雑誌を持って去ると、王子は小さくため息をついた。疲れているみたいだ。ここにヴァルトがいたら、きっとじゃれついて彼を癒やそうとするだろう。

「当たってほしくない予想だったのだが……残念だ」

「……えっと、今のって……？」

ゴシップと聞こえたが。

「先日の、同級生との一幕を撮られていたらしい。まるでふたりきりの場所にいたかのように写真が加工されて載っていた」

「えっ！」

青ざめる歩途に、王子は微苦笑する。

「今さらゴシップごときで何を沈んでいるのかと思うだろうが、やはり一度は友として机を並べていた者だと、少々思うところはあるな」

「そんなの当たり前じゃないですか。っていうか、今さら？　え？　大変なことですよね？　大丈夫ですか？　僕に何かできることはありますか？」

自分ではまったく思いつかないけれど、何か力になれたらいいのに。

王子の気持ちを想うと胸が痛い。彼はきっと傷ついている。ゴシップというだけでも大変なことなのに、それがかつての友人ならなおさら。

しかし歩途の焦りをよそに、王子は不思議そうな顔をする。

「そんなに心配してくれるのか？　私のゴシップなど毎月のように捏造されているというのに」

「ええっ⁉」

驚愕すると、なぜか驚かれた。

「……まさか、知らなかったのか？」

激しく頷く。

どこか呆然とした王子に、もしかして知っておくべきことだったのだろうかと歩途は後悔した。

「……すみません。ゴシップとかは、頑なに目に入れないようにしてきたので」

「そんなことができるのか？」

「ジークには公式SNSがありますから。そこと、王室報道官からの公式発表だけを見てれば、ゴシップなんて見ずに済みます。時々広告でタブロイド紙の記事のタイトルが表示されちゃう時がありますけど、即座に閉じるので……まさかそんなによくあることだなんて思ってもみませんでした。……すみません」

「なぜ謝る？」

「……ジークの苦労を、全然知らなかったんだな、って思って」

「歩途」

抱き締められた。甘くスパイシーな香りに包まれる。

「おまえは本当にすごいな。出逢った時も天使だと思ったが……一緒にいるうちにますますその印象が強くなる」

髪を掻き乱すように撫でられて、頬ずりされる。一瞬にして笑顔になった王子に戸惑うが、これはヴァルトをもみくちゃにして癒やされるのと同じことだろうか。

（ほんの少しでも、僕が癒やせてたらいいな……）

「好奇心はなかったのか？」

「何にですか？」

「ゴシップに対して。おまえの大好きな私のことが書かれているのだぞ？」

「だって、ジークは見られるの嫌じゃないですか？　いくら広告塔になると決めたからって、ご自分で発信する以外のプライバシーを、他人に知られたいわけないなと思って」

「……私が嫌がると思ったから、見なかったのか？」

「はい。……僕の勝手な想像ですけど」

「この六年間、ずっと？」

「はい」

頷くと、唇を塞がれた。甘いキス。後頭部を鷲摑みにするみたいにして上を向かされ、深い深いくちづけになる。

突然のことに驚いたけれど、王子のキスはいつだって嬉しい。歩途も夢中で応えた。

しばらく吐息を交換した後、王子はまた歩途を抱き締めて頬ずりをする。

「早く歩途と並んで、堂々と歩きたいものだ」

吐息混じりにささやかれ――ハッとした。

並んで、堂々と。

その言葉が示す情景を思い浮かべ……ありえない、と気づいてしまったから。

王子の相手が歩途だと世間に知られたら、ものすごいスキャンダルになってしまうのではないだろうか。

そのことに初めて気が付いた。

男同士で、一般人で、……王子のために何かをできるわけでもなくて。

それに何より、まだ互いの家族にも認められていない関係。

それなのに歩途はのうのうと王子の居住棟に滞在し、あまつさえ宮殿内バールスタンドなどを開催して王子との仲を見せつけてしまった。

とんでもない過ち（あやま）を犯してしまったのでは。

「……あ、あの、ジーク……僕のことが知られたら、大変なことになるんじゃないですか？」

「騒がしくはなるだろうな。だからこそ早くリヒトに私たちの仲を認めてもらえるように、歩途はマナーレッスンやバリスタをがんばってくれているではないか。チャリティパーティが楽しみだ」

「だっ、だめです！」

思わず縋(すが)り付いて、激しくかぶりを振る。血の気が引く思いだった。

「急にどうした？　怖がらせてしまったか？」

「パーティで並んで歩いたりしたら……ゴシップ誌に見つかっちゃったりしたら、どうするんですか？」

「心配ない。今回のパーティは招待制だ」

「でも、船上カフェも来賓ばっかりだったんでしょう？」

「これは痛いところを」

苦笑する王子は、「協力者がいたのだろうな」と残念そうに呟く。

「あの、パーティには船上カフェみたいに『人型ヴァルト』のバリスタとして参加させてください。それで、王太子殿下に働きぶりを見ていただきたいです」

「却下だ。それだと私が隣にいられない」

隣にいることが問題だと思うのに。

「お願いです、ジーク。僕……」

迷惑になりたくない。王子を支えられる人間になりたい。

「王太子殿下に完璧なマナーだと認めていただけるように、振る舞いには気を付けます」

懸命に訴えかけると、王子は小さくため息をついた。

「歩途はスキャンダルを恐れているのだな？　分かった。ならばパーティでは見せつけるような行為は慎む。その代わり歩途は、ふたりでリヒトに挨拶することを受け入れてくれ。それ以外の時は、私と離れていてもいい。おまえのペースでパーティを楽しんでくれ」

「『人型ヴァルト』は……」

「給仕する者と来賓とでは、振る舞い方が違ってくる。今回は客として参加してくれ」

そう言われてみれば、確かに違うかもしれない。

これ以上は我(わ)が儘(まま)になってしまうと、歩途は王子の提案を受け入れた。

＊ 6 ＊

マナーレッスンも船上カフェも、ますます熱心に取り組んだ日々は瞬く間に過ぎていき、クイーンバルティア号でのチャリティパーティ当日。

歩途は朝から懸命に、これまで学んだことを復習した。

自分の未熟さがよく分かっている歩途には不安しかないけれど、王子は「大丈夫だ」と泰然としている。

パーティまであと二時間。歩途はいつもの燕尾服で白い蝶ネクタイに、王子は船長服に着替えて、クイーンバルティア号に赴いた。

会場は船内の大広間。航行中にも夜ごとパーティが開かれていた場所だ。

まるで宮殿そのものの豪奢な造りで、数百人は優に集える広さがある。広間の前方にはクリスタルのグランドピアノが華々しく輝き、今夜の生演奏を待っていた。

パーティは立食形式だが、ソファも多数用意されている。思い思いに楽しめるように配慮されているのだろう。料理はまだ蓋がされていて見えないが、所狭しと銀器がきらめいていた。

そして広間の中央には、立派なキャンディツリーが飾られている。歩途の身長よりずっと高い生木の枝に、キラキラのカラフルな銀紙に包まれた大きなキャンディが鈴生りに吊るされているのだ。キャンディから伸びた紐を枝先に引っかけている状態で、すぐに取れるようになっている。

ツリーの周りに何もない空間が広がっているのは、おそらくここでダンスが行われるからだろう。

「今夜のチャリティパーティは、このキャンディに好きな値段をつけて買い取るという形になっている。金額を書き込んだ小切手を、木の根元にあるボックスへ入れてもらう。キャンディは持ち帰っても、ボックスへ一緒に入れてもどちらでもいい。すべて慈善団体に寄付される」

「小切手で寄付するんですか？　すごいですね」

「父が王太子時代に始めたことを、リヒトが受け継いでいるのだ。例年は本棟の外苑で開催しているが、今年はクイーンバルティア号のお披露目も兼ねてこの広間が選ばれた」

「そっか。ジークの……王子様の豪華客船は、王太子殿下のご自慢でもあるんですね」

「歩途？　なぜそのような呼び方を？」

すでにスタッフが行き交っているから。ここは王宮ではなく、ふたりの仲を見せつける必要はないのだ。

「今夜は親しさを出さない方がいいですよね？」

「必要以上に見せつけないだけで、滲み出るものはいいのではないか？　私はいつも通り名前で呼んでほしいのだが……まあいい。歩途のしたいように」

受け入れてもらえてホッとしたような、なんとなく突き放された気がしてどこか寂しいような。

（何を勝手な……。僕っていつからこんなに我が儘になっちゃったんだろう）

心の中で恥じる。もっとしっかりしなければ。

王子はそれから、会場内の準備が整っているかをチェックして回った。普段は信頼できる部下に任せて報告だけを受けることも、今夜の主催は王太子だということで、王子自らが確認したいらしい。

「私の失敗では済まないからな。リヒトの顔に泥を塗るわけにはいかない」

そう言う王子の横顔はとても誇らしそうで、王太子に対する尊敬の念が見て取れた。

歩途はいつもの調子で王子に付いて回っていたが、そんな必要はないのではと途中で気づいて、それからは邪魔にならないところに控えていることにした。

広間の入り口付近の隅に寄ると、会場全体がよく見渡せる。

まだ客が入っていないというのに、今夜は必ず特別な夜になると約束されているような、完璧な華やかさがそこにはあった。

何より、中央のキャンディツリーがやはり華々しい。

歩途もできればチャリティに参加したいが、小切手など持っていないので今夜は仕方がない。また別の形でさせてもらおうと思った。

王子は忙しそうに、けれど楽しそうに動き回っている。

かっこいいな……と見つめていると、こちらを向いた王子と視線が合った。嬉(うれ)しそうに手を振ってくれる。思わず手を振り返し……遠いな、と思った。

パーティが始まると、もっと距離を感じる予感がする。

あの人の隣にいたい。その力が欲しい。マナーレッスンをがんばってきたけれど、本当に身についているのだろうか。彼を支えられる人間に、一歩でも近づけているのだろうか。

今夜のパーティが終われば、約一週間後には次の航海に出発する。

王子は歩途を連れていってくれるつもりでいるが――。

つらつら考えていると、広間に突然、緊張が走った。

その原因は、入り口に姿を現した人。

漆黒の燕尾服を身に纏(まと)っているというのに、まるで光り輝くような存在感を放っているのは――王太子。

黄金の髪をオールバックにしてひとつに束ね、完璧な立ち姿でそこに佇(たたず)んでいた。

まるで映画のワンシーンのようだ。

王太子はカッと靴を鳴らして広間に入ってくるなり、ゆったりとターンして全体を見回し、満足したように深く頷いた。

そのまま広間の前方にいる王子のところへ行くのかと思いきや。

不意にこちらを向いた。完全に目が合う。王太子はまったく表情のない状態で、カッカッと歩いてきた。

ぐんぐん迫ってくる、威圧的にも思える存在感。

恐ろしくて、足が震えそうになる。けれど怯んでは駄目だと思った。あの庭での初対面の時のようになってはいけない。

とうとう真正面に立たれて、歩途は小さく慄いた。

「こんなところにまで犬を連れてくるとは、我が弟にも困ったものだ」

「っ！」

王太子は怒っている。表情が抜け落ちているので分かりにくいが、おそらくとても。

その言葉から察するに、歩途を犬だと――『人型ヴァルト』役をここでも披露するつもりだと誤解されているようだ。

王子の言った通りだった。ここで船上カフェの真似事はしない方がよかったのだ。彼の言葉に従っておいて本当によかった。

グッと奥歯を嚙み締めて、歩途は胸に手を当てた。習ったことを思い出し、姿勢を正したまま膝を折る挨拶をする。

「王太子殿下。……本日はチャリティパーティご開催、おめでとうございます」

声が震えてしまったが、なんとか言った。

沈黙が落ちる。王太子の視線は鋭い。続けて話してもいいのだろうか。

「……確かに僕は、犬かもしれません。ですが…」

「っ！　認めるのか」

ギリ、とまなざしが厳しくなる。

怖くて座り込みそうになった。けれどそんなことをしてはすべてが台無しだ。たくさんのことを学ばせてもらったのに、それらを裏切ることになってしまう。

なんとか呼吸を整えて、次の言葉を口にする。

「っ、本日は、犬ではございません。ジーク……ジークフリード殿下のご判断で、人として参加させていただくことになっております」

蝶ネクタイを見てほしい。唐草模様ではなく白だ。人間としておとなしくしています、と訴えたくて顎を上げる。

「なんと挑戦的な……！」

なぜか王太子が怒りを露にした。自分が何かしてしまったのだろうか。恐れの上に困惑を感じ、歩途はもう何を言っていいか分からなくなってしまう。

「今すぐ放り出してやりたいところだが、このような場での揉め事は、船長であるジークの名に瑕をつける。自ら去れ」

歩途は息を呑んだ。そんなにも怒らせてしまったのか。

いったい何がいけなかったのだろう。もしかして王太子は、『人型ヴァルト』自体を快く思っていなかったのだろうか。

けれど『人型ヴァルト』は、遊びでしているわけではないのだ。そのことを分かってほしくて口を開こうとしたが、その前に王太子が、

「どうせおまえもゴシップ狙いなのだろう。せっかくジークの懐に入ったというのに、手間取っているようだが」

「えっ⁉」

思わず声を上げてしまった。あまりにも予想外の言葉すぎて。

「あ、あの、恐れながら……申し上げます」

「聞かん」

ピシャリと撥ねつけられたが、これだけは言っておかなければ。

「僕はジークを守りたいんです」

「聞かんと言っただろう」

「ゴシップからもハニートラップからも、僕が守ります」

「戯けたことを。己を犬だと信じ込ませ、宮殿内をうろつきまわっている者が。言っておくが、グランツを手懐けても逆効果だぞ。私にはおまえの真の姿が見えている。いくら嗅ぎ回っても無駄だ。早々に立ち去れ」

王太子はそれだけ言うと、口を閉じた。

真の姿？　グランツを手懐ける？　何を言われたのかよく分からなくて首を捻っていると、王子がこちらに向かって歩いてくるのが見えた。

「リヒト。早かったですね」

「任せきりですまないな、ジーク。準備はどうだ？」

「完璧です。各部門の責任者もスタッフも優秀ですから」

「さすがだな」

「ところで、盛り上がっていたようですね。何の話を？」

ピリッとした空気を感じた。

「――ジーク。まさかと思うが、今夜、彼を同伴するのではなかろうな？」

「リヒトは反対ですか？」

「当たり前だろう」

「リヒトに認めてもらうためには今夜ここで完璧な姿を見てもらうのがいいと考えていたのですが」

「ならん」

「残念です。彼も私の立場を慮(おもんぱか)って、自ら同伴を遠慮しました。ですから同伴はしません。ただ、私の心はいつも彼と——桜庭(さくらば)歩途とともにあります」

抱き寄せるように腰に手を添えられて、歩途は思わずパッと離れた。

まだ客はいないとはいえ、スタッフたちは見ているのだ。今、歩途は唐草模様の蝶ネクタイをしていない。彼らの目に、愛犬との戯(たわむ)れとは映らないだろう。

王太子は眉(まゆ)をひそめ、

「迂闊(うかつ)なことをするな」

と王子を窘(たしな)める。

『バルティアの滴(しずく)は、大海原(おおうなばら)に滴(したた)り消える』

突然のバルティア語。口にしたのは王子だった。

それは「相手を見誤ると、宝は永遠に失われる」という意味だと教わったが。

「この言葉を、あなたに返します。桜庭歩途という奇跡の存在を、目を見開いて見るべきだ」

「……この私に、『心眼を磨け』と?」

「表の意味でも、裏の意味でも構いません。ただ、まっすぐに彼を見てください。きっとリヒトが恐れていることなど何も起こらない。私に関しても、あなたに関しても」

「私に喧嘩を売る気か？」

「違います。『お願い』です。──先日、私が『バルティアの滴』を宝物庫に収めたことはご存じだと思いますが」

びっくりした。まさかここでその話が出るとは思っていなかったから。

声の届く範囲に人がいないか、見回してしまった。一通りの準備が終わったせいか、近くにスタッフの姿はなく、一安心したが。

「歩途はまだ『バルティアの滴』を受け取ってくれていません」

「っ！　それは本当か？」

「まだ互いの家族に挨拶できていないからという理由です」

目を瞠った王太子に見下ろされ、歩途は小さく頷いた。

理由はそれだけでなく、王子を支える人間にまだなれていないとか、スキャンダルのことを考えてとか、いろいろとあるのだが。

「いじらしいでしょう？」

「……口ではなんとでも言える」

「だから、見てください。彼の真の姿を」

それはつい先ほど、王太子の口から出た言葉と同じ。

真の姿も何も、歩途は歩途でしかないのだけれど……。

「……おまえが傷つくのは嫌なのだ」

「そんな結果にはなりませんよ。でも、私を想ってくださってありがとうございます、リヒト。あなたの弟であることは、私の誇りです」

本当に誇らしげに、王子は微笑む。

その表情に、きゅんとした。こんなハラハラする場面なのに、王子の笑顔は歩途を幸せにしてくれる。

「歩途、話は分かったな？」

「え？　……は、い」

たぶん。どの話のことか分からなくて、一瞬困惑してしまったが、全体的には理解できていると思う。

曖昧に頷くと、王子は「念のため要約しておくか」と苦笑した。

「今夜、同伴はしない。だがリヒトはきちんとおまえを見ていてくれる。こう言うとおまえは、これまで学んできたことの成果を発揮しようと張り切るだろうが……いつも通りでいい。素のままの歩途を、私は愛しているのだから」

真顔で言われて、照れてしまった。

「はい」

今度はきっぱりと頷いて、王太子に向き直る。

「よろしくお願いいたします」

深く頭を下げると、「日本式の丁寧な挨拶です」と王子が補足してくれた。

「もうすぐ客が入ってくる。私とリヒトは入り口で彼らを迎えるが、歩途は自由にパーティを楽しんでいてくれ。――ダンスの時間になったら踊ろう」

「だめです。人目がありますから」

慌てて断ると、王子は王太子に「ほらね？」と苦笑してみせる。

王太子は複雑そうな表情をしていた。

歩途はその場に残り、彼らは客を迎えるための準備に取り掛かった。

時間になると、ピアノの生演奏が始まった。そして広間への入室が始まる。

客は入り口で王子と王太子と挨拶を交わした後、真っ先にキャンディツリーへと向かった。燕尾服姿の紳士たちと、色とりどりのイブニングドレスを身に纏った淑女たちが、次々にツリーからキャンディを取り、紙片をボックスへ入れていく。

それからシャンパンを受け取って、思い思いの場所へ移動していった。

歩途は部屋の隅に佇んだままだったが、給仕にシャンパンを勧められてハッとした。ここにずっと留（とど）まっているのも不自然だろう。

シャンパングラスを手に、広間の端の方をゆっくり歩く。華やかな人々の中に入っていく勇気はなかった。

しばらくすると、王子と王太子が広間の中央へと歩いていった。どうやら招待客が全員揃（そろ）ったらしい。ざっと見たところ、三、四百人といったところだろうか。誰もがキラキラと輝いて見える。

王子と王太子はキャンディツリーの前に立ち、シャンパンを受け取る。キャンディはまだたくさん残っているが、それは装飾でもあるのだろう。

王太子が挨拶を述べ、乾杯の音頭を取ると、そこかしこで乾杯が交わされた。

パーティの始まりだ。

ワッと弾（はじ）けるように賑（にぎ）やかになり、人々はおしゃべりと料理を楽しみ始める。

先ほどまで静かなピアノ曲だった演奏も、弦楽四重奏が加わって華やかな曲になった。

料理も今は豪華なその全貌（ぜんぼう）が見渡せる。テーブルには宝石のように美しく彩（いろど）られたオードブルや一口サイズの料理が多く並び、血の滴るような肉の塊や新鮮な魚介類はその場で調理されるらしく、シェフがスタンバイしていた。オーダーを受けて火にかける際、派手なパフォーマンスが行われている。

すべてがキラキラしている。まるで夢の世界のように。

そしてその中心にいるのは、王子と王太子だ。

華やかな人々に囲まれて、笑顔で話をしているのが見えた。

とても遠い。――一般参賀で宮殿のバルコニーから群衆に手を振る『王子様』を見つめていた時より、ずっと遠い気がした。

それは疎外感だろうか。

王子の役に立てる人間になりたいのに、その方法が分からなくて。

シャンパンを飲み干した歩途は、不自然でない程度に場所を変えながら佇んでいた。すると、ふと視線が絡んだ女性が、目を瞠る。

「ヴァルトちゃん？」

「え？」

「ヴァルトちゃんでしょう？　ＳＮＳを見たわ。顔は写っていなかったけど、後ろ姿が同じだし、お顔を見たらもう間違いない！　一緒に写真を撮って！」

きゃーと声を上げて手を引かれ、歩途は戸惑った。

「あ、あの、すみません。今日は蝶ネクタイが唐草模様ではないので」

「あら、言われてみれば確かにそうね。でもせっかくだもの。記念に撮りたいわ」

女性が大きな声で言ったせいか、「ヴァルト？」「あの人型ヴァルト？」と周囲で声が上がり、注目を浴びてしまう。

これはいったいどうしたらいいのだろう。断るのも角が立つだろうし……と困っていると、いつの間にかできていた人垣の中から王子が出てきた。

「歩途」

「っ、王子様。すみません」

「これが必要か？」

そう言って彼が手にしていたものは――緑色の、唐草模様の蝶ネクタイ。

それを見た瞬間、人々が歓声を上げて拍手した。

「これ、どうして……」

給仕と客とでは振る舞い方が違うと言っていたのに。

「写真撮影用だ。このような事態になることも想定していたからな」

王子は歩途の白い蝶ネクタイを外し、唐草模様のものに付け替えてくれる。そして歩途だけに聞こえる声音（こわね）でささやいた。

「いつも歩途がどのように人を楽しませているか、リヒトに見てもらおう」

そういうことか。

「珈琲（コーヒー）を淹（い）れてもいいんですか？」

「それはなしだ。ただ私とともにいて、いつものように愛らしく笑っていてくれ」

そんなことでヴァルト役が務まるのだろうか。疑問に思った歩途の手をグイと引き、王子は先ほどの女性に写真を撮らせた。ワッと人々が群がってきて、大勢での写真撮影会になる。

キャンディツリーをバックに、王子と歩途が並んでいるところに、次から次へと写真撮影希望者が入れ替わる。

本当にこんなことをしてしまっていいのだろうか。

青ざめそうになるが、なんとか笑顔を作る。そのうち、だんだんいつもの船上カフェでのおもてなしのような気がしてきた。

『人型ヴァルト』を楽しんでもらえるなら、嬉しい。

そのことが、ひいては王子のためになるなら、もっと嬉しい。

歩途は期待に応えて、望まれるままに彼らとの写真に収まった。けれど王太子にマナーレッスンの成果を見てもらうという目的も決して忘れない。王子たちのように、しぐさが優雅に見えるように気を配る。

もっと、もっとがんばらなければ。

王子の隣にいられるように――。

そんなことを考えていたら、目の前で女性が躓いた。

咄嗟に王子が抱き留める。

王子の腕の中にいるのは、薔薇のようなドレスを着た女性。その光景は、まるでおとぎ話のロマンティックなシーンのように見えた。そして彼らに向けられる、たくさんのスマートホン。

撮られる、と思った。

そして王子を守らなきゃ、と強く考えた。

（だめーっ！）

王子たちとカメラ群の間に飛び込んで、この身で彼らを隠そうとした。

ところが焦りのあまり、つんのめる。

バランスを崩した歩途は、あろうことかキャンディツリーに体当たりしてしまった。

ドンッとぶつかる。その拍子に、枝先に吊るされていたキャンディがまるで雨のように降り注いできた。

きゃーっ、と悲鳴が上がり、人々が逃げる。

バラバラと落ちてきたキャンディは、床に当たって激しい音を立てた。

騒然とする大広間。……そして訪れた静寂。生演奏は続いているが、話し声が一切なくなる。

あたり一面に転がるキャンディ。

人々の目が、木の幹にしがみつく歩途に集中した。

歩途は蒼白（そうはく）になる。なんということをしてしまったのだろう。

「っ、も、申し訳ございません！」

深く頭を下げて、すぐにキャンディを拾い始める。視線が痛い。どうしよう、どうしよう、とぐるぐる考えていると、すぐ傍（そば）で王子の声がした。

「お怪我はありませんか？」

それは歩途にかけられた声ではなかった。腕の中の女性に……キャンディの雨から守るために王子が抱きかかえるような体勢になっていた女性に、尋ねた言葉だった。

ヒュゥッと誰かが口笛を吹いた。次の瞬間、彼らを囃し立てるように場が盛り上がる。

「さすがジークフリード殿下！　かっこいい！」

「映画みたい！」

「ドジッ子ヴァルトちゃんも可愛い～！」

歩途は泣きそうになった。早く、早くキャンディをすべて拾わなければ。

懸命に拾っていると、すぐにスタッフが集まってきて手伝ってくれた。歩途が抱えていた分も受け取ってくれる。

視界の中に、磨き上げられたエナメル靴と白いズボンが入ってきた。船長服姿の王子だ。歩途は深く頭を下げた。

「……申し訳ありません。とんでもないことを……！」

「気に病むことはない。ちょっとしたハプニングは、かえって皆の思い出になる」

とんでもない。

こんな大失敗はありえない。

楽しい場所を台無しにしてしまった。

それればかりではなく、このパーティは絶対に成功させせないといけないものだったのに。王子が、王太子のことを想って入念に準備をしていた姿を見ている。

会場の責任者である王子にも、主催の王太子にも、合わせる顔がない。

「控え室で休んでおいで。後で一緒に踊ろう」

そんなふうに優しい声をかけてくれる王子は、なんて懐が深いのだろう。けれどそれは絶対に駄目だ。

「……申し訳ありませんでした」

頭をくしゃっと掻き混ぜられた。その手から、歩途は咄嗟に逃げた。そのまま後ろに下がり、もう一度深くお辞儀をしてから広間を辞す。

視線が痛い。痛いなんて思ってしまう自分が恥ずかしい。申し訳ありません、とすれ違う人々に心の中で謝りながら歩いた。

「アルト様、ご案内します」

先導してくれたのはパフィだった。

広間を出てしばらく歩いた廊下の先に、控え室はあった。

「アルト様、僭越ながら……そんなに気にされないで大丈夫だと思いますよ？　幸いにも『人型ヴァルト』の出で立ちでいらっしゃいましたし、お客様は、愛犬の戯れ程度に受け止められたと思います」

フォローしてくれるが、そんなわけがないと思った。

百歩譲って、そう好意的に捉えてくれている人がいたとしても——王太子は違う。

王太子はきっと、歩途に幻滅したはずだ。

王子を守ると宣言したくせに、守るどころか、彼の顔に泥を塗ってしまった。

せめて『人型ヴァルト』を完璧に演じられたらよかったのに、それも大失敗。

（こんな僕じゃ、ジークの隣に並んで歩くなんて絶対に無理だ……）

彼の役に立ちたい。

それなのに、迷惑をかけることしかできない。

そんな自分が情けなくてたまらなくて……。

涙が滲んだ。けれど泣いてはいけないと、グッと我慢した。

ここにいては駄目だ。こんなふうに沈んでいる姿を王子が見たら、きっとまた気を遣わせてしまう。

「……あの、先にお城に帰ります」

「では車を手配しましょう」

「いえ、大丈夫です。自分で捕まえます」

「そんなことをしたら、私が殿下に叱られます」

押し切られる形で、結局甘えてしまった。

パフィが手配してくれた車に乗り込み、船を離れる。

白夜のこの時期、夜になっても空には茜色が差している。美しい夕焼けをバックに聳え立つクイーンバルティア号。王子の夢。

（……僕は、ジークの傍にいちゃいけないんじゃないかな……）

胸が痛い。

＊　＊　＊

宮殿にひとり戻った歩途は、衛兵の立つ居住棟の門の前で車を降りた。

王族専用車ではないので外門から歩くつもりでいたが、パフィがきちんと入城許可証を与えてくれていたらしい。

よく考えてみたら、その配慮がなければ、歩途はこの敷地内に入ることができなかっただろう。まだなんの肩書もない、王子の客人でしかないのだから。

その事実に胸が痛い。

居住棟の廊下を歩き、私室へと向かう。

夜の宮殿内は、しんと静まり返っている。

とても寂しい。

三週間もの時間を与えてもらっておきながら、何者にもなれなかった自分。王子を愛している。そして王子の愛を感じている。だからこそ……。

（……身を引くべきなのかな……）

初めて、そんなことを思った。

考えた瞬間に、ゾクッと悪寒が走った。

彼を失うことが怖い。

この六年間、そうしてきたように、一方的に応援するだけではもう満足できない。

こんなにも彼を――彼の声を、まなざしを、体温を――生身の人間として知ってしまった後で、今さら離れることなんてできるのだろうか。

できない。離れたくない。ずっと一緒にいたい。傍に――手の届くところにいさせてほしい。

けれどそれは歩途の勝手な想いだ。

なんの役にも立てないくせに……スキャンダルのリスクを彼に背負わせているくせに、好きだから一緒にいたいなんて甘いことは言っていられない。

彼を愛しているなら、身を引くべきだ。

頭では分かっている。それなのに気持ちが納得してくれない。どうすればいいか分からない。

どうすれば——彼の隣にいられるのだろう。

堂々巡りする思考。涙がほろりと零れた。慌てて手で拭う。

自分がこんなにも弱い人間だということを、歩途は初めて知った。

恋とは楽しいものだと思っていたのに、我が儘な考えばかりが湧いてくる。

身を引くまでもなく、こんな歩途を知ったら王子の愛は冷めてしまうのではないだろうか。そんな不安まで頭を擡げてくる。

キャンディツリーは、単なる引き金だったのかもしれない。

自分自身も知らなかった歩途の本性を引きずり出す——。

ぐるぐる考えていると、廊下の先でバタンバタンとドアを開け閉めする使用人たちの姿が見えた。

「いない」

「こっちもだ」

と声を掛け合っている。

（いない？　……あっ、もしかしてヴァルト先輩⁉）

歩途はもう一度目元を拭い、表情を引き締めて彼らの方へ駆けた。

「あっ、アルト様。お帰りでしたか。お迎えもせず、申し訳ございません」

従僕のひとりが歩途に気づき、声をかけてくれる。

「いえ、それより何かあったんですか？」

「はい。グランツ殿下のお姿が見えないとの知らせが。迷い込んでいらっしゃらないか、すべての居住棟で捜索中です」

「ええっ⁉　グランツ殿下が⁉」

想像もしていなかった事態に、心臓が嫌な音を立てた。

まさか誘拐とか。

そんな恐ろしい考えが脳裏（のうり）を過（よぎ）る。

「僕も一緒に捜します」

「ですがアルト様、お疲れでは……」

「大丈夫です。手分けして捜してるんですよね？　僕はどこへ応援に行けばいいですか？」

「ジークフリード殿下の居住棟は我々で足りますので……大変恐縮ですが、アルト様は本棟の方へ応援に行って差し上げてくださいますか？」

「分かりました。……あっ、ヴァルト先輩は？　すでに応援に出てますか？」

「いいえ、いつも通り殿下の私室にいます」

「じゃあ一緒に捜してもらいます」

歩途はダッシュで私室に戻った。ヴァルトがお気に入りのクッションから飛び起き、

「アンッ!」と嬉しそうに迎えてくれる。

「先輩、緊急事態です。グランツ殿下がいなくなったそうです。一緒に捜してください」

そう言って抱き上げ、再びダッシュで廊下を駆けた。ヴァルトは言葉が分かっているみたいに、おとなしく抱かれてくれている。

途中で何人もの使用人たちとすれ違った。みんなグランツを捜している。

各居住棟の入り口には衛兵がいるので、こちらの棟に迷い込んでいる可能性は低いだろう。けれど誰もが懸命に捜しているのが分かった。

本棟に移ると、ますます人が多くなった。顔見知りの使用人がいて、ジークフリード王子の居住棟からも応援が来ていることを知った。

「アルト様!　王太子殿下もご一緒ですか?」

「いえ。……僕だけ先に戻ってきたんですが、王太子殿下もすでにご存じなんですか?」

「そうだと思うんですが……」

はっきりとした情報は伝わっていないらしい。

もしかしてパーティの主催者として、会場を離れられないのだろうか。

もしもそうだとしたら、船に戻ってあちらを手伝った方がいい?　……いや、自分が戻ったところで、何か役に立てるとは思わない。

とにかく捜索隊に加わって、グランツを捜そう。

「ヴァルト先輩、グランツ殿下の匂いは分かりますよね？　今どこにいるか、嗅ぎ取れますか？」

「アンッ」

もぞもぞっと動き、歩途の腕から抜け出したヴァルトは、トテテッと廊下を走りだす。

いったん止まって歩途を振り返り、ついてくるのを確認してからまた走り始めた。

（言葉が通じてる……？）

トテトテ走るヴァルト。その足取りに迷いはない。それはまるで本当に、グランツの行方を知っているかのような確信に満ちた歩みで……。

けれどヴァルトが辿り着いたのは、あの回廊に囲まれた庭だった。

花々の間に飛び込み、跳ねるようにして花壇の間を進むと、小さな噴水の前でアンアンッと鳴く。

「っ、ヴァルト先輩、散歩じゃないんです。グランツ殿下を捜してるんです」

「アンッ」

抱き上げようとした。けれどヴァルトは捕まってくれない。すばしっこく逃げてしまい、何度も同じ場所で鳴き声を上げる。

その様子は、いつも遊びに誘ってくる時とはまったく違っていた。

まるでこの緊迫した状況が分かっているかのように、懸命に鳴く。

「……ヴァルト先輩？」

もしかして、グランツはここにいたと言っているのだろうか。

「……グランツ殿下が今どこにいるか……あ、どこに隠れてるか、分かりますか？　これはとても大事なかくれんぼです。どこかに隠れてるグランツ殿下を、見つけてください」

「アンッ」

タタッと駆けだす。

歩途は再び後を追った。

回廊には行き交う人々がいて、彼らを縫うようにして走った。

そしてヴァルトが進んだ道は、青い個人旗が掲げられた王太子の居住棟だった。

門の前にいる衛兵をものともせず、ヴァルトはするりと駆け抜ける。歩途も続こうとして……衛兵にビシッと止められた。

「一般の方はこの先に入ることはできません」

どういう意味だろう……と自分を見下ろして、燕尾服姿だったことを思い出す。どうやら偶然居合わせた客だと思われたらしい。

立場的に、そんなに変わらないけれど……なんとか入る方法はないだろうか。

そう考えを巡らせていたら、ふと、王太子殿下に言われた言葉が脳裏に蘇(よみがえ)ってきた。

歩途は犬だと。

ならばそれで押し切ろうと、歩途はグイッと蝶ネクタイを見せつける。

「僕は『人型ヴァルト』です。――ジークフリード殿下の犬です」

こんなことを言って、王子の迷惑にならないだろうか……という気持ちはもちろん胸を過った。けれど一刻も早くグランツを見つけてあげたいという気持ちが勝る。

衛兵たちは顔を見合わせ、判断に困っているような顔つきになる。

もう一息だ、と歩途は思った。

「彼がグランツ殿下の行方を嗅ぎ分けてるみたいなんです。確かめるために、通してください」

「ヴァルトが？」

宮殿内のどこでも散歩することができるヴァルトのことは、彼らもよく知っていたらしい。

まだ迷いは残っているようだったが、「王太子殿下がお戻りになったら、ご報告します」と言って歩途を通してくれた。

居住棟に入ってすぐ、世話係のハリーと遭遇する。

彼はいつも通り背筋をピンと伸ばしているが、顔は蒼白で厳しい表情をしていた。

「どうしてあなたがここに？」

「お手伝いに来ました」

「王太子殿下の居住棟は、すでにくまなく捜索済みです。他のところを当たってください」

「でも、ヴァルトがグランツ殿下の匂いを嗅ぎ分けてるみたいなんです」

先ほどと同じ説明をすると、眉をひそめられてしまった。

「そのような不確かな情報はいりません。いくらヴァルトが殿下と仲良しとはいえ、なんの訓練も受けていない犬にそこまではできません。……もうすぐ王太子殿下がお戻りになり、捜索専門部隊の指揮を執られます」

そこまで大事になっているのか。

それならば歩途の出る幕などないのでは……。そう思ったが、いてもたってもいられなかった。

ヴァルトの天才ぶりはよく知っていて、そしてこんなにもいつもと様子が違うのだ。

信じたいと思った。ヴァルトがグランツを見つけてくれると。

実際、ヴァルトは立ち止まった歩途を急かすように、いつもとはまったく違う尋常ではない吠え方をしていた。

「それでも……僕はヴァルトを信じます」

「ご自由に。ただし、あなたが王太子殿下の居住棟にいることは、のちほど何らかの問題になるかもしれませんよ」

「っ、覚悟しておきます」

王子に迷惑をかけてしまうかもしれない。そのことは怖い。けれど……。

歩途はぺこりとお辞儀をして、ハリーの横をすり抜けた。ヴァルトが走りだす。その後を追う。

廊下を進んで階段を上がる。本棟と同じくらい豪奢な造りで、居住棟とは思えないほど立派だった。

この棟はくまなく捜した後だからか、人がいない。

そしてどんどん奥へと進んでいくので、少し不安になってきたところで、ヴァルトの足が止まった。

「アンッ」

歩途に向かって吠える。小さな足がカリカリと掻いたのは……なんの変哲もない、廊下の壁だった。

「え、ここ?」

「アン」

ヴァルトは自信たっぷりの表情で吠える。けれどそこは、本当にただの壁なのだ。

左右を見渡してみると、少し離れた場所に扉があった。右と左、順番に開けてみる。右側の部屋は、壁に飾り棚のある小さなリビングルームのような造り。左側は、物置部屋らしきところだった。共通点は、家具のほとんどに白い布がかけられていること。最近使われた形跡がない。そしてもちろん、室内に誰もいない。

歩途は不安になった。

ヴァルトが知っていると確信したのは……間違いだったのか。

「先輩、グランツ殿下を捜してるって分かってますよね？」

「アン」

「……ここにグランツ殿下がいらっしゃるんですか？」

「アン」

「あ、もしかして、庭の噴水の時と同じ？　ここにいた、ってことですか？」

ヴァルトは吠えない。歩途の言葉を否定するみたいに。

だんだん分からなくなってきてしまった。

困惑していると、ヴァルトはいっそう激しく壁をカリカリカリカリ掻きだした。まるでこの向こうにグランツがいるとでも言いたいみたいに。

歩途はもう一度、左右の扉を開けて室内を確認する。家具の陰に隠れていないか、布を上げてみたりもした。けれどグランツはいない。その間にも、ヴァルトは廊下で壁を掻き続けていて――。

ふと、違和感を覚えた。

何が変なのか分からないが、確かな違和感。

（なんだろ……何か……何か変だよね、この部屋……）

ゆっくりと歩き回り、違和感の正体を探る。

もう一度廊下に出てみた。右の部屋をのぞき、左の部屋をのぞき、廊下を歩き……。

ハッとする。距離がおかしい。

「……あっ。ここって……」

ヴァルトが掻き続けている場所。それは、左右の部屋を分ける壁の部分。そして歩いた感覚で、この廊下の長さに対して部屋が小さすぎると気づいた。

「もしかして隠し部屋があるの⁉」

「アンッ！」

そんなまさか、という気持ちだった。

けれどそう気づいた途端、納得する気持ちの方が大きくなった。

右の部屋に飛び込み、壁に設置されている飾り棚を探った。置物を除けてみたり、あらゆる場所を押してみたり。けれど壁はビクともしない。

ということは、入り口は左側の部屋だろうか。

そう思い、また廊下に出たところで……向こうの方から歩いてくる人物に、目を瞠った。

キラキラと光が瞬くような、存在感。船長服姿の王子だ。

「ジーク！　どうしてここに⁉」

「ヴァルトの鳴き声が聞こえて、ここだと分かった」

そうだったのか。けれどそれ以前に、チャリティパーティはどうなったのか。

「船の方は心配ない。ダンスタイムに入って皆楽しんでくれている」

「王太子殿下は……？」

「リヒトは今、下で報告を受けている。捜索隊を投入する前に、私に確認してきてくれと頼んだのだ――隠し部屋を」

「っ！　やっぱりあるんですね？」

そう言うと、王子は驚いたようだった。

「歩途も気づいていたのか？」

「ヴァルト先輩が、この壁をずっと掻いてて……左右の部屋の大きさと、廊下の長さが合わないって気づいたんです」

「それはすごいな。よく見抜いた」

髪を撫でられる。その手に胸が、きゅんとした。

やっぱり……離れたくない。

「ヴァルトもお手柄だ」

王子が片膝をついてヴァルトを撫でると、転がるようにして素直に喜びを表現する。けれどすぐに、またカリカリと壁を掻きだした。

「実は隠し部屋はいくつもある。王族しか知らない場所だ。グランツの姿が見えないと連絡が入ってすぐ、私もリヒトも隠し部屋に入り込んでしまったに違いないと思った。だからパーティを抜け出して戻ってきたのだ」

「……ということは、僕は知ってはいけないってことですよね？」

この場所にあると知ってしまった。それはとてもまずいのでは。

そう思ったのに、王子は「問題ない」と微笑んで、右側の部屋へと歩途を誘う。ヴァルトもついてきた。

「片っ端から確認する覚悟をしていたが、ヴァルトのおかげで一ヵ所だけで済みそうだ」

部屋に入ると、王子は飾り棚の全体を眺める。そして置物はそのままに、棚の下に手を滑らせた。

「おそらくこのあたりに……あった」

グイッと何かを引っ張る動作。

すると次の瞬間、棚がくるりと九十度回った。

ぽっかりと長方形の穴が、壁に現れる。隠し部屋の入り口らしい。

「アンッ！」

ピュンッと真っ先に駆けこんだのはヴァルト。王子と歩途もその後に続く。

部屋は明るかった。そして思っていたより広い。埃（ほこり）っぽさはなく、人の手が入っていることが窺（うかが）える。

まず目に飛び込んできたのは、大きな肖像画。

（王太子妃！）

すぐに分かった。生前の彼女の気品がそのまま漂う、美しい油絵だったから。

そしてその肖像画の前の床に——蹲（うずくま）る男の子。ヴァルトがクゥンと鼻を鳴らして寄り添っている。

「グランツ殿下！」

慌てて駆け寄った。王子がすぐにグランツを抱き起こす。……プランと手が下がり、意識がないことが分かった。緊張が走る。……が、すぐにホッとした。

くふー、くふー、と愛らしい寝息が聞こえたからだ。表情は穏やかで、頬（ほお）に赤みが差している。ただ眠っているだけだとすぐに分かった。

王子と顔を見合わせ、笑みが漏れる。

「よかったぁ……」

「リヒトに知らせよう」

王子がスマホを出したので、グランツを歩途が受け取る。

ずっしりとした重み。眠っている三歳児はこんなにも重いものなのか。そしてミルクのような甘い香りが鼻腔をくすぐった。愛しいと感じる。この子の生命が危機にさらされなくてよかったと、心の底から思った。

「リヒト？　ああ、無事に見つかりました」

電話が繋がり、王子がそう言うや否や、見つかったか！　と叫ぶ王太子。スマホ越しにワァッと歓声が上がるのが聞こえた。

グランツの様子はどうだ？　泣いていないか？　怪我をしていないか？　と王太子が矢継ぎ早に問う。

「安心してください。眠っています。——肖像画の部屋で」

それから二、三の言葉を交わし、通話は終わった。

「こちらに来るそうだ。廊下で待とう」

「はい」

頷いて、部屋を出ようとした時だった。

何気なく見た肖像画に——王太子妃の手元に、目が吸い寄せられる。

きらりと光るものが見えたから。そしてその色は、たとえようもなく美しい青で——。

ざわっと背筋を駆け抜けるものがあった。

青。どこまでも透き通った、バルト海の水面のような……蛍光を帯びた青。王子の眸のごとき美しさ。そしてそれは、クイーンバルティア号の船首女神像の瞳とも同じ色。

(『バルティアの滴』⁉)

王子を見上げる。

彼も同じ場所を見ていた。

「……嵌(は)め込んであるようだな」

王子の言う通りだった。肖像画の中の、王太子妃の左手の薬指に――指輪が嵌まっているのだ。青い宝石付きの。

それはどう見ても、『バルティアの滴』。

王太子妃亡き今、宝物庫に厳重に保管されていなければならない宝。

「どうして……」

思わず呟(つぶや)いてしまったが、我に返って口を閉じた。

これは歩途が見てはいけないものだ。おそらく王太子の、心の奥底に触れるもの。

「……僕、何も見てません」

「それでいいのか?」

「え?」

何を問われているのか分からなかった。

王子はそれ以上何も言わず、先に立って隠し部屋を出る。グランツを抱きかかえた歩途も続き、最後にヴァルトが追いかけてきた。

開かれていた飾り棚が閉じると、元通り、何もない壁にしか見えなかった。

さらに部屋を出て廊下を進む。フロアの端の階段に来たところで、王子は足を止めた。しばらくそこで待っていると、王太子が駆け上がってきた。供はいない。

「グランッ！」

「大丈夫、眠っているだけです。歩途とヴァルトが見つけてくれました」

王子の言葉に、歩途は慌てる。

「僕は何も。ヴァルト先輩のお手柄です」

ヴァルトは足元で、キリッとお座りをしている。

歩途の腕の中にいるグランツの顔を、王太子がのぞき込んできた。ふわりと香水の香りが漂う。王子と違うな……と思っていたら、王子がグランツを抱き取り、王太子に渡した。

しっかりと抱き締める王太子の表情は、ホッとしたような……どこか気がかりがあるような、不思議なものだった。

「――グランツを見つけてくれたことには、礼を言う」

唸るような低い声。もしかして王太子は、歩途が勝手に居住棟に入ったことを怒っているのだろうか。

思い至った歩途は、深く頭を下げる。

「あの、勝手に入ってすみませんでした」

「……知っていたのか」

何を？　歩途は首をかしげる。

「歩途、リヒトは隠し部屋の存在を知っていたのか、と訊いているのだ」

「えっ。……知りません。全然、まったく」

王子の助け船に、ようやく理解した。かぶりを振って否定するが、王太子のまなざしは鋭い。

「……ならばなぜ、迷いもせずあの場所に辿り着けるのだ。嗅ぎ回っていたからではないのか」

「嗅ぎ分けてくれたのは、ヴァルト先輩です。僕は先輩を追いかけてきただけなので」

「そんな言い訳が通用すると思っているのか。この混乱に乗じて、何か仕掛けるつもりだったのだろう。——だが、私は屈しない。私が家族を——ジークを守ってみせる」

王太子の気迫に、歩途は息を呑んだ。

そうだ。すっかりグランツのことしか頭になかったが、歩途はついさっき、とんでもない過ちを犯してしまったところだったではないか。

王太子が怒るのも無理はない。まだ直接謝ってもいないのだから。

「先ほどは、本当に、本当に、申し訳ありませんでした。パーティを台無しにしてしまって……」

再び深く頭を下げると、「は？」と呆れたような王太子の声。

今さら謝っても許さないということだろうか。歩途は身を竦める。

「……僕は……僕がジークを守るなんて言ったくせに……ご迷惑になることしかできないで……与えていただいた『人型ヴァルト』の役も……満足にこなせなくて……」

口にすると胸が痛んだ。泣きそうになったが、グッと堪える。

「……み、認めてもらいたいなんて……そんな大それたこと……」

「歩途」

横から抱き締められた。嗅ぎ慣れたフレグランスに力が抜けそうになったが、なんとか足を踏ん張る。そして愛しい人の腕を、そっと押し返した。

「……僕が隣にいたら、……スキャンダルになるかもしれません。……それは絶対に嫌です。……ジークのことを本当に想うなら、身を引くべきだって……」

「馬鹿なことを言うな！」

今度こそ抱き締められた。抗おうとしてもできないくらい。ぎゅっと、力強く。

「それはなんの演技だ？」

王太子に問われた。

「演技ではありませんよ、リヒト。これが桜庭歩途という人なのです」

「意味が分からん」

吐き捨てるように言われて、歩途は唇を噛み締めた。

どう言えばいいのだろう。王子を本当に想っていること。それでも諦めたくないと思ってしまうこの我が儘な気持ち。

「そうでしょうね。この私でさえ、歩途と意思疎通を図るのは至難の業なのです。どれだけ口説いても口説いても、華麗に躱されてしまうのですから」

「……どういうことだ？」

「いわゆる天然です。ピュアかつナチュラルホワイト。我々の思考回路ではどうしても俗世間の常識に当て嵌めてしまうところを、この愛しい人は純白の羽根のごとき清らかさで物事を考えるもので、肩透かしを食らいます。私には今リヒトが抱えている戸惑いがよく分かる」

なんだかとんでもない褒め方をされているようで、歩途は泣きそうになった。

そんな清らかな人間ではないのに。失敗ばかりだし、もやもやとした感情を抱いたりもする。こんな自分、王子が知ったら幻滅するのではないだろうか。

「……私が今、何を抱えていると？」

「警戒しているのでしょう？　あれを見逃す代わりに関係を認めるよう交渉されるのでは

ないかと」

「っ！」

　王太子が息を呑んだ。

「断言します。この愛らしい口から、そんな言葉は一切出ません。むしろ先ほどの可愛い失敗を深刻に捉えすぎて、リヒトに心からの謝罪をしているではないですか」

「……あの程度のことを？」

「そうです。そして歩途は、私が言った警戒の意味も分かってませんよ。試しにストレートに訊いてみましょうか？　――歩途、さっきの部屋で見た宝のことをリヒトに…」

「見てません」

　思わず顔を上げた。

　王太子が複雑そうな表情でこちらを見ていた。目が合って怯みそうになったが、これだけはきちんと言っておかないといけないと思った。

「……あの、僕、何も見てません。だから安心してください」

「――何も見ていない者が、わざわざ『見ていない』と宣言するか」

「そう考えるのが我々です。しかし歩途は、この言葉を本気で言っているのです」

「そんなわけがあるか」

「あるんですよ。だから――私は彼の言葉に、人生を変えられたのです」

え、と王子を見上げる。優しいまなざしで見つめられた。

「六年前、私と出逢った歩途が言いました。『僕にとってバルティア王国は、もう知らない国じゃない。あなたの国だ。訪ねても大丈夫なんでしょう?』——こんな殺し文句がありますか?」

歩途を見つめたまま、王子は言う。切々と語るように。

「あのころの私の放蕩ぶりを、リヒトは知っていますね? そしてある日を境に私が変わったことも……この国のために力を尽くそうと努力を始めた姿も見ているはずだ。その境目にいたのが歩途です。歩途の言葉は心に響く。まだ恋ではなかったが——私の心を射貫いたのがこの人だ」

頬をそっと撫でられた。くすぐったくて、せつない。触れられただけで、口の中に甘い味が広がるような気がした。それは出逢った日のチークキスに似ていた。

王子は熱い吐息を零して笑うと、王太子にキリッと向き直る。

「その目を見開いて見てください。私の心眼は確かです。『バルティアの滴』は決して大海原に消えたりしない。むしろ輝きを増すでしょう。私たちが愛し合う限り、永遠に」

その横顔は、金色に燃え盛る炎のように力強いものだった。

胸が痛い。この人が愛しくて痛い。やっぱり離れられない。どんなに反対されても、どれほどの危険が待ち構えていたとしても……一緒に戦いたい。ずっと傍にいさせてほしい。

心からそう願ったら、涙が零れた。

堪える隙(すき)もなく、ほろほろと零れてしまう。

「あっ、す、すみません……っ」

慌てて拭う。けれど涙は次から次から零れ落ち、頬を濡(ぬ)らした。

「歩途……」

王子がせつなげなまなざしで歩途を見下ろす。

歩途は何度も何度も涙を拭い、王太子に訴えた。

「ジークを……支えられる人間に、なるまで、時間をください……！」

王太子は何も言わない。呆れられているのだろうか。けれど言葉は止まらなかった。

「……僕はまだ……なんの力も、ありません。……でも、ジークを愛してます。……ジークが愛してくれていることが、嬉しいです。……ス、スキャンダルにならないように、気を付けます。だから……」

「スキャンダルになどならない方法がひとつある」

王子の言葉に、え!? と顔を上げると。

「さっさと婚約発表してしまえばいい。それはスキャンダルではなく、真実の報道だ」

なんという名案！　と一瞬思ったが……。よく考えたら、とんでもない離れ業ではないだろうか。

「そのためには歩途が『バルティアの滴』付きの指輪を受け取ってくれることが必要で、さらにそのためには両家の家族への挨拶と許しが不可欠です。……私はそんなものすっ飛ばして先に指輪を受け取ってくれればいいと思っていたのですが、歩途が家族を大事にしているもので。……というわけで、リヒト」

「……私に認めろということか」

「認めるかどうかの判断は、あなた次第です、リヒト。ただ、私と歩途の愛はこういう形だと見てもらえたかと」

「だが、彼は……犬だと認めたのだぞ。宮殿内を嗅ぎ回っていると」

王太子が言った途端、王子が噴き出した。

「それはおそらく、何らかの勘違いですよ。歩途、自分を犬だと言った覚えはあるか？」

「え？　はい。あの……さっき、船で。『人型ヴァルト』のバリスタとして参加するのかと訊かれたので……普段は犬だけど、今日は人間として参加しますって……」

「ということだそうです」

肩を揺らして笑う王子に、王太子はなんとも言えない苦々しい表情をした。

「……すみません。僕、何かトンチンカンなこと言っちゃったんですね……？」

「落ち込む必要はない。歩途はそのままで、私の傍にいてくれればいいのだ。口説き文句

をもう少しストレートに受け取ってほしいという願いはあるが、それ以外は完璧だ」

「おまえはそれでいいのか、ジーク？」

王太子が問う。

王子は迷いなく深く頷いた。

「はい。歩途とともにあることが私の幸せであり、私のこれからの人生です」

言い切った王子に、胸がときめく。

歩途も何か気の利いた言葉を……と思ったが、王太子が腕の中のグランツを抱き直すのを見て考えるのをやめた。眠っている三歳児の重さを知ったばかりだ。

「あの、グランツ殿下を早くベッドに寝かせてあげてください。話を聞いてくださってありがとうございました」

王太子がわずかに目を瞠り、「なるほど」と呟く。

「……得難い人物だということは分かった」

「それだけですか？」

「……意図的にジークを傷つける者だと思い込んでいたことも訂正する。きみにはひどいことを言った。――すまなかった」

謝られて、びっくりした。とんでもない、とかぶりを振る。

「だが、私が懸念しているのはやはりスキャンダルになってジークが傷つかないかということだ」

「だからあなたの理解が必要なんですよ、リヒト。私たち家族の仲がいいのは、長男であるリヒトが両親を心から敬い、私たち弟妹を大切なひとり息子と同じくらい心の底から愛してくれているからだと分かっています。――どうか力を貸してください」

「アンッ」

突然、ヴァルトが吠えた。

それはまるで彼も力添えを願ってくれているようなタイミングで、ふっと笑いが漏れる。そのおかげで空気が和らいだ。

「……そうだな。今すぐすべてを任せておけとは言えないが……私たちはもっと深く知り合うべきだ。一度、皆で食事でもしよう。私たち家族と、きみの――アルトくんの家族を招いて」

「っ！」

思ってもみなかった言葉に、歩途の胸には喜びが溢(あふ)れる。

「ぜひ！　よろしくお願いします」

「やったな、歩途」

王子と抱き合って喜ぶ。するとヴァルトも喜んでいるかのように、ふたりの脚にじゃれついて飛び回った。

＊　＊　＊

グランツを寝室に寝かせた後、王子と王太子はパーティ会場に戻っていった。

歩途はヴァルトとともに私室に戻り、王子が帰ってくるまで留守番をした。先に眠っているように言われたが、興奮で目が冴えてしまった。それに……パーティに戻った王子が、今ごろ誰かと踊っているのかな……と考えて、胸がもやもやする。

帰ってきたら抱き着いて、抱き締めてもらって、安心したい。そんな気持ちで待っていると……。

深夜に差し掛かったころ、ようやく王子が帰ってきた。

「おかえりなさい！」

「まだ起きていたのか」

「はい。遅くまでお疲れさまでした」

ぎゅっと抱き締め合う。その途端、ふわりと漂ってきた甘い香りに歩途は思わず眉をひそめた。

「……お風呂、入ってきてください」

口から零れた言葉に自分で驚いて、慌てて補足する。

「あ、すみません。えっと……いつもの匂いと違って」

「ああ、華やかな場所にいたから匂いが混ざっているのだな。すまない」

香りが移るくらい、誰かが近くにいたのか。

そう考えたら……胸が苦しくなった。

「歩途？」

「早くお風呂に入ってきてください」

今度は自分の意思で言う。すると王子が、探るような目つきで歩途を見つめた。

「……まさか、嫉妬(しっと)か？」

「っ、ちが……っ」

違う。そう否定したい。この心の中のもやもやを王子に知られるのが怖い。

けれど……黙っているのは卑怯(ひきょう)だと思った。

王子は歩途のことを清らかだなんて思ってくれているみたいだが、本当はこんなにもどろどろとした感情を抱えた人間なのだ。

知られることは怖いけれど……知られないまま、ずっと愛されるのはもっと怖い。

いつかシャボン玉が弾けてしまうのではないかと――。

そこまで考えて、ハッとした。

そうだ。このことも、歩途の胸に痞(つか)えていたのかもしれない。

家族に紹介して、もし反対されたら……というだけでなく、王子がたびたび口にしてくれる愛の言葉があまりにも美しすぎて、こんな自分には似合わないと分かっていたから……だから怖かった。

王子とずっと一緒にいたい。

そう願うならば……この醜い部分もきちんとさらすべきだ。

「………すみません。……嫉妬、してました」

「歩途！」

抱き締められた。力いっぱい。

いったい何が起こったのか分からなかった。なぜ王子から歓喜の感情が噴き出すように溢れ出て、歩途をめちゃくちゃに掻き回したり頬ずりしたりするのか。

「なんと愛らしい焼きもちを焼いてくれるのだ。おまえは本当に天使だな」

「っ、違います。天使なんかじゃありません。僕は……あの時だって……」

「あの時？」

「……熱愛報道の時です」

「本当か？　まったく平気に見えたが」

「平気なんかじゃありません！　……ずっと胸焼けみたいにもやもやしてたんです。でもあのゴシップは、絶対に嘘(うそ)じゃないですか？　分かってるのにもやもやするなんて……まるでジークのこと信じてないみたいじゃないかって、自分に腹が立って。だから、平気なふりをしてたんです」

「……そうだったのか？」

「はい」

「本当はどう思っていた？」

「…………僕のジークなのに、って、嫉妬してました」

そうだ。あの感情も、紛れもない嫉妬だった。今なら分かる。

言った途端、また抱き締められた。痛いくらい力強く。

「――おまえはっ。……私がどれだけ焦燥に苦しんだと……。本当に翻弄してくれる」

焦燥？　翻弄？　と首をかしげる歩途を抱き上げて、王子はずんずんと私室を横切る。

向かう先にはバスルーム。

風呂に入ってきてくれるのかな、と思った。

ところが王子は歩途を抱き上げたまま、脱衣所に足を踏み入れる。

「え？　あの、僕はもう入ったので……」

「何度入ってもいいだろう？　一緒に楽しもう」

そう言って、脱衣所を通過。浴室へと入ってしまった。

日本の温泉を思わせるような広さの大理石の浴槽にはなみなみと湯が張られ、獅子の口から湯が流れ出るオブジェまでついている。

服のまま浴槽に進む王子に歩途は狼狽(ろうばい)して手足をバタつかせた。

「待ってください！　ふっ、服は……？」

「逃げないと約束するか？」

「……い、一緒に入るだけ、ですよね？」

「わざわざ確認するところが期待に満ちていると私に伝えていること、気づいているか？」

「きっ、きき期待なんてっ」

していたのだろうか。己(おのれ)のいやらしさに自覚があるだけに、歩途は真っ赤になってしまった。

衣服をするすると脱がされる。ひとりだけ裸になるのは恥ずかしいから、歩途も王子の服を脱がせる手伝いをした。羞恥(しゅうち)に指が震えてひとりではうまくできないことも、王子が手伝ってくれるので、すぐにふたりは一糸纏わぬ姿となった。

恥ずかしい。でも、かっこいい。

促されて、浴槽に入った。腰まで浸(つ)かったところで向かい合い……王子のあまりの肉体美にくらくらして、厚い胸板に手を伸ばした。

抱き寄せられて、肌と肌が触れ合った。くちづけられる。王子の体温と肌の感触にとろけそうになる。

「歩途……どうすれば気持ちよくなれるか、分かっているな?」

鼻先に鼻先をすりすりとこすりつけられて、そんなふうに言われて……ふっと、甘い記憶が蘇ってきた。

「……初めてキスした時みたいですね」

歩途が言うと、王子も気づいたらしい。小さく笑って、ぱしゃりと湯を掻いた。

「想いもくちづけも、あの時よりずっと熱い」

「お湯もです」

「だからおまえはムードを壊す天才だというのだ」

ははっと声を上げて笑って――けれど余裕があったのはそこまでだった。

がぶりとかぶりつかれ、それを合図に熱烈な愛撫(あいぶ)が始まった。

舌を絡めて吸われ、体中をまさぐられ……胸の突起を摘(つ)まれた。

「あっ」

「愛らしい声だ」

カーッと耳まで熱くなる。王子はいつだってそう言ってくれるけれど、こんな裏返った変な声、本当に大好きな人に聞かせてしまっていいのだろうか。

王子の唇が首筋に下り、鎖骨を舐(な)める。黄金の髪を抱き締める形になって、その美しさに歩途は眩暈を覚えた。

さらさらの髪。黄金の糸のような髪。湯気に少しずつ濡れていくこの手触りが……ぱしゃりと跳ねた湯の滴る髪が……やはり初めてのキスを思い出させてくれて、けれどあの日とは違い、歩途は遠慮なくその髪に指を絡めた。

掻き乱して、抱き締めて……していたら、胸の突起をカリッと噛まれた。

「あんっ」

仰け反って甘い声を上げてしまう。王子は何も言わない。ただ歩途を浴槽の縁に誘導して、背中を預けさせる。

大理石の縁に腕を置くと、温かい湯が零れていった。

「歩途……この体を愛する権利が私にあることがどれほど幸せか、おまえには分からないのだろうな」

何を言われたのかちゃんと考えようと思うのに、両方の胸をいじられながら吸い上げられて、思考が定まらない。

ただ愛してもらえるということしか分からない。

「ジーク、すき」

黄金の髪をくしゃくしゃにして掻き抱いたら、ぐいと片足を担ぎ上げられた。

「やっ」

はしたないものが湯の上に出てしまう。咄嗟に手で隠そうとしたら、その手を捉えられ、すかさず昂ぶりを咥えられた。

「あーっ」

仰け反って叫ぶ。歩途はほとんど浴槽から出て、大理石の床に寝そべってしまっている。

じゅぷじゅぷと淫靡な水音が響き、湯が波のように流れてくる。

まるで海辺でセックスしているような恥ずかしさに、歩途は身を捩ってあんあん鳴いた。

「歩途……歩途、愛している」

王子は口淫の合間に愛をささやき続け、そのくせ容赦なく愛撫を施してくる。

両足を抱え上げられ、後孔を舐められた時は、羞恥のあまり気絶するかと思った。「やめて」「いや」と言ったのに、聞いてくれない。歩途はいつの間にか泣きじゃくっていた。

それなのに――。

「歩途――マイスイートリトルドッグ」

ぐいと腰を引き寄せられて、浴槽に再び落ちる……寸前、秘部にグッと潜り込んできた大きなものに、歩途は甘くとろけさせられてしまった。

「あ――っ」

挿いってくる。大きなものが。

それが王子の屹立だと、歩途はもう知っている。

「あっ、あっ、だめっ……お湯、はいっちゃ……っ」

「心配ない。すでに私のもので塞がっている」

「やっ、でもっ、ああんっ……そんな、速いよぉ……っ」

抽挿が速くて、お湯がばしゃばしゃと跳ねる。

波が立ち、揺れて、揺さぶられて、目の前の逞しい体に縋り付いているというのに、荒波に翻弄される小舟のようになってしまう。

「やあっ……あんっ、あっ、ゆれちゃう……ぐちゃぐちゃになっちゃ……っ」

気持ちよすぎて意味の分からない言葉を言ってしまう唇を、がぶりとかじられた。めちゃくちゃにくちづけられる。揺れて、唇が定まらなくて、顎や鼻や瞼にもキスの雨が降って、こんなセックス知らない。

ベッドの海で翻弄されるだけで精一杯なのに、こんなの怖すぎる、と思った。

怖すぎるセックスは、歩途にとってあまりにも強い快感を催すもので……。

「あーっ、ああんっ、気持ちいいっ、ジーク……すきっ、すき、すき、いいよぉ……っ！」

「――っ！」

中で出された。そのことが分かった。王子も気持ちよくなってくれたのだ。

達してくれたのだ。この体で、王子も気持ちよくなってくれたのだ。

そう思ったら、嬉しくて笑みが浮かんできた。

「……中も、濡れちゃった……」

「っ、おまえはっ……！」

「ああっ⁉」

放り投げるように、浴槽から上げられた。

そして四つん這いになった歩途の背後に、王子が覆いかぶさってくる。

ぐぷっ、と音がした。音と同時に腹の奥が苦しくなる。

「やあぁっ……おっきい……！」

肌のぶつかる音が響く。

ひっきりなしに腰をぶつけられ、背後から湯なのか汗なのか分からない滴が滴ってくる。

歩途は息も絶え絶えになりながら、王子の律動を受け入れることに必死になった。気持ちよくて、逃れたくて、腰を振ってしまう。自分で動くとますます気持ちよくなる。もう何も考えられない。獣のようにまぐわうことしかできない。

ただ、王子が好きだった。

そして王子に愛されていることを知っていた。

それだけで充分だった。

腰を摑まれて背後から怖いくらい抽挿されて、王子はまた中で達してくれた。

これで終わった……と、胸を喘がせていたら。

「歩途」

抱き寄せられて、唇にキス。

王子は凄絶な色香を放っていた。

「では、そろそろベッドへ行こうか」

甘い甘い夜は、これから始まる――。

エピローグ

それから約一週間後。クイーンバルティア号二度目の航海前日。

宮殿の本棟のリビングルームには、四家族総勢十五名と一匹が顔を揃えていた。

ジークフリード王子側は、国王陛下夫妻、長男のリヒトとその息子のグランツ、次男のロイド、長女のシャルロッテとその夫と子どもふたり、次女のカタリーナ。それから黒柴犬のヴァルト。

歩途側は、両親と、姉の美織。

これだけの人数が急に集合するのは大変なことだったが、王子と歩途の想いを知った王太子の計らいで実現した。

歩途の家族は、突然の話に困惑していたようだが、王子がきちんと挨拶をしてくれた。

父の、

「男同士だということで、歩途が日陰の身になったりしませんか？」

という心配には、

「我が国は同性同士の婚姻が正式に認められています。私は歩途が伴侶であるときちんと公表し、歩途にはいつでも私の隣で、日向の道を歩いてもらいます」

と答え、母の、

「王家に嫁いだりしたら、自由に会えなくなっちゃうんじゃないですか？」

という心配には、

「いつでも自由に会えます。歩途には公務に同伴してもらうことになるので、忙しくなることは否定しませんが……私の居住棟に、桜庭家専用の部屋を用意します。いつでも泊まりにいらしてください」

と答え、姉の、

「外国人の妃って、お城の中でいじめられたりしませんか？」

という心配には、

「百パーセント防ぐことは難しいかもしれません。しかし歩途はすでに宮殿内バールで人気者。ほとんどの者が好意を抱いています。そして何か問題が起こるなら、そのたびにふたりで解決していきます」

と答えた。さらに、

「歩途の自由はどうなりますか？　この子、王子のグッズ集めが趣味なのに……買いに行けなくなりますよね？」

という姉の問いには、

「その件に関しては、歩途と相談します。グッズくらいいくらでも……と言いたいところですが、あまりグッズの中の私に夢中になられると、私が嫉妬するので」

と冗談を言って笑わせた。

そして揃ってくれた家族全員に向かって、

「私、ジークフリード・ヴィルヴァルト・フィルスシェルナ・バルティアは、一生涯、桜庭歩途を愛すると誓います。どうか結婚をお許しください」

「っ、僕も。僕、桜庭歩途も、一生涯、ジークフリード・ヴィルヴァルト・フィルスシェルナ・バルティア殿下を愛すると誓います。彼を支えられる人間になります。どうか傍にいさせてください」

ふたり揃って頭を下げると、拍手が起こった。グランツとその従兄弟たちの子ども組も、パチパチと小さな手を叩いてくれる。

「ばるちょ、ジークおじたまと、けっこん、しゅるのか？」

グランツの問いに、王子と顔を見合わせて……自然と笑みが零れた。

「……はい！」

「そうだ。私たちは結婚するのだ。——歩途」

左手を持ち上げられる。

そしてその場に、王子が片膝をついた。

そのポーズにドキッとする。

王子はポケットから小さな箱を取り出して……開いてみせた。

そこに輝くバルティアブルー。『バルティアの滴』付きの指輪。

「私と結婚してください」

「っ！」

「今度こそ、受け取ってくれるな？」

自信たっぷりに微笑む王子が、かっこいい。

「はい！　――はい、ジーク……！」

左手の薬指に、『バルティアの滴』が嵌められる。

奇跡の輝きに歩途が感動していると、家族からの祝福の拍手とともにヴァルトが「アンアンッ」と吠えて駆け回り始めた。

「ばるちょ、まて～」

子どもたちが追いかける。その光景に、大人たちも笑顔になった。

この幸せが、ずっとずっと続きますように――指輪を嵌めた手を王子と繋ぎながら、歩途は心からそう願った。

あとがき

初めまして、こんにちは。水瀬結月と申します。この度は拙著をお手に取ってくださり、ありがとうございました。

王子様に溺愛される「王子様おたく青年」のお話、いかがでしたでしょうか？

この本は『豪華客船の王子様　～初恋クルーズ～』の続編です。今作からご覧くださっても分かるように書いたつもりですが、もしよろしければ、馴れ初め編も読んでみてくださいね。

前作では、主人公の天然・歩途と、歩途を口説く王子様の、微妙に噛み合わない会話を楽しんだというご感想を多くいただいて、とっても嬉しかったです。

キャラが天然ゆえのすれ違いラブコメ、書くのが楽しいです。

挿絵は引き続き、北沢きょう先生がご担当くださいました。

前作ですでにイラストが存在しているので、『初恋クルーズ』を机に飾って、イメージを膨らませながら今作を書かせていただきました。北沢先生が描いてくださるキラッキラのかっこいい王子様と、可愛い歩途、そしてキュートな黒柴犬ヴァルトという、美麗イラストが最高です！　今作も完成イラストを拝見するのが、とても楽しみです。

今回も大変お世話になりました担当様、編集部をはじめとする関係者の皆様、ありがとうございました。

私が昨年、体調を崩したせいで、関係者の皆様には多大なるご迷惑をおかけしてしまいました。今後は体調に気を付けて、少しでもご恩返しができるようにがんばりたいと思います。

そして最後までお付き合いくださった読者様、本当にありがとうございました。

もしよろしければ、ご感想などお聞かせくださいね。お手紙でもメールでもツイッターでも、お声を聞かせていただけると、とても嬉しいです。ツイッターではSSなども書いていますので、よかったら覗いてみてください。

それではまた、どこかでお会いできたら嬉しいです。

水瀬結月

『豪華客船の王子様　～溺愛パレス～』、いかがでしたか？

水瀬結月先生、イラストの北沢きょう先生への、みなさまのお便りをお待ちしております。

水瀬結月先生のファンレターのあて先

〒112-8001　東京都文京区音羽2-12-21　講談社　文芸第三出版部「水瀬結月先生」係

北沢きょう先生のファンレターのあて先

〒112-8001　東京都文京区音羽2-12-21　講談社　文芸第三出版部「北沢きょう先生」係

N.D.C.913 236p 15cm

水瀬結月（みなせ・ゆづき）
10月23日生まれ。兵庫県出身、在住。
趣味は旅行、雅楽演奏。篳篥奏者です。

講談社X文庫

white heart

豪華客船の王子様 ～溺愛パレス～

水瀬結月

●
2020年7月3日 第1刷発行

定価はカバーに表示してあります。

発行者――渡瀬昌彦
発行所――株式会社 講談社
東京都文京区音羽2-12-21 〒112-8001
電話 編集 03-5395-3507
販売 03-5395-5817
業務 03-5395-3615
本文印刷―豊国印刷株式会社
製本―――株式会社国宝社
カバー印刷―半七写真印刷工業株式会社
本文データ制作―講談社デジタル製作
デザイン―山口 馨

ISBN978-4-06-519657-1

手の届かない人に恋い焦がれて――

美形で腹黒な船長王子様のきわどい愛情

ホワイトハート
講談社X文庫

バルティア王国のジークフリード王子に
ずっと憧れていた歩途。
彼が船長を務める豪華客船に
乗船できたのはいいけど、
愛犬に似ているからという理由で、
24時間そばで護衛する役を
任されてしまった！
煌めく美形王子は実は腹黒で、
焦る歩途に愛犬にするように
過剰なスキンシップをしてくる。
夢のような日々だけど、船を降りたら
離れ離れ。
叶わぬ恋と知りながら、
本気で彼を好きになってしまった
歩途は……？

『豪華客船の王子様 〜初恋クルーズ〜』

水瀬結月　イラスト／北沢きょう

電子書籍版も配信中

大好評発売中！

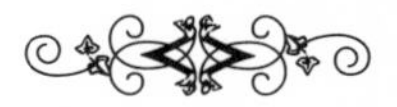